光文社文庫

長編時代小説

魔性の剣
書院番勘兵衛

鈴木英治

光 文 社

目次

主な登場人物

久岡勘兵衛——古谷家の次男で部屋住みだったが、親友・久岡蔵之介の不慮の死によって久岡家に婿入りし、書院番を継いだ
美音——勘兵衛の妻。蔵之介の妹
古谷善右衛門——勘兵衛より十三歳上で腹違いの兄。書院番組頭を務める
飯沼麟蔵——腕利きの徒目付頭。善右衛門の友人
稲葉七十郎——南町奉行所定町廻り同心。勘兵衛より三歳下
樫原貞蔵——南町奉行所定町廻り同心。七十郎の先輩
岡富左源太／矢原大作——勘兵衛の幼なじみ。ともに犬飼道場に通う
久岡蔵之丞／鶴江——勘兵衛の義父母。蔵之介・美音の父母
重吉／滝蔵——久岡家の中間
多喜——古谷家の女中頭。今は久岡家で働く

書院番勘兵衛　魔性の剣

第一章

一

「旦那《だんな》、それにしても塩川《しおかわ》の旦那はどこに行っちまったんですかねえ」

清吉《せいきち》が首を振り振りいう。

まだ五つ（午前八時）すぎだが、真夏の太陽からはひとかたまりの氷などほんの数瞬で溶かしてしまうのでは、と思えるほどの熱が放たれている。その陽射《ひざ》しにおののいたかのように雲は一つもなく、吸いこまれそうに真っ青な空が江戸をひたすら覆っている。

「それがわかれば苦労はせぬのだが」

稲葉七十郎《いなばしちじゅうろう》は中間《ちゅうげん》を振り返った。ただそれだけのことで、熱を持った月代《さかやき》や額から汗が噴きだしてくる。

「しかし、一刻もはやく捜しだしたいものだな」

「旦那は、どうして塩川の旦那がいなくなったと考えていらっしゃるんです」

「最も考えやすいのはうらみだな」

七十郎は苦い顔でいった。自らの黒羽織に目を落として、続ける。

「こういう商売だからな。うらみを買って、かどわかされたということは十分に考えられる」

「やっぱりそういうことですかねえ。でも、塩川の旦那は同心としてもう三十年になる古強者《ふるつわもの》ですよね。これまでなにごともなくすごしてきたのに、なぜ突然こんなことになっちまったんですかね」

「確かにな。穏やかな人柄で、一度つかまえた者にも慕われるようなお人なんだが。あるいは、なにかいざこざに巻きこまれたのかもしれん」

南町《みなみまち》奉行所《ぶぎょうしょ》の町廻《まちまわ》り同心の塩川鹿三郎《しかさぶろう》は三日前の六月二十日から、中間の大八《だいはち》とともに行方知れずとなった。最後に奉行所の者が見たのは、いつものように市中見廻りに番所《ばんしょ》の門を出て行く姿だ。その後、誰も二人の姿を見ていない。

二人になにかあったのはまちがいなく、おとといから七十郎たち南町奉行所の者は総出で鹿三郎の行方を追っている。

だが、これまでなんの手がかりも得られていない。塩川鹿三郎と大八の二人は、まるで神隠しに遭《あ》ったかのようにかき消えてしまっていた。

いったいなにがあったのか。

七十郎の胸は心配で痛いほどだ。鹿三郎には世話になっている。見習の頃から同心としての心得や探索の手順、手立てを親身に教えてくれたのは鹿三郎である。

それだけでなく、命も救われている。あれは三年前のことだから、七十郎が二十歳《はたち》ちょうどのときだ。

ある商家の主人が供の手代《てだい》とともに夜の路上で殺された事件があった。

主人の懐から十両ほど入っていたはずの財布がなくなっていたことから金目当ての者の犯行と見られたが、ただし匕首《あいくち》をつかったと思える手口が鮮やかすぎた。主従とも背後から心の臓を一突きだったのだ。

町廻り同心としての経験が浅い七十郎にも、金目当ての場当たり的な犯行には、思えなかった。

もともとあるじを殺すことこそが目的で、財布を奪ったのは偽装にすぎないのでは、という憶測が七十郎たちのあいだでなされ、調べが進むにつれて、殺された主人は同じ米屋を営む者と米の買い占めのことで深刻なもめごとになっていたのが判明した。

主人が殺されたそのとき、もう一方の主人がある料亭で飲んでいたのは紛れもない事実だった。他者に頼んで殺させたのはまずまちがいなく、おそらく殺しをもっぱらにする者に依頼したものと思われた。

七十郎たちは、殺し屋をおびき寄せる罠《わな》を張った。二人が殺される場を見ていた者がいたという偽りの話を岡《おか》っ引《ぴき》や下っ引を通じて漏《も》らさせたのだ。

その男は下手人の顔をはっきりと見ており、いずれ詳しく正確な人相書《にんそうがき》が描かれるはず、と。

男が住んでいるとした家に七十郎たちはひそみ、殺し屋を待った。実際、こんな単純な手に引っかかるものなのかという危惧《きぐ》はあったが、ひそんだ次の日の深夜、屋根から男が侵入してきた。

天井板をはずした男は音もなく、座敷におり立った。

男が隣の間にやってきたとき、七十郎たちはここぞとばかりに襲いかかった。だが、黒装束をまとった男の身ごなしは実に軽く、七十郎たちは翻弄《ほんろう》された。

それでも男の姿を眼前にとらえた七十郎はうしろ頭めがけて十手《じって》を振りおろした。だが、空《くう》を切った。

いつしか匕首を手にしていた男は七十郎の背後にまわり、右手を突きだした。

そこを救ってくれたのが鹿三郎だった。十手で匕首を叩《たた》き落としてくれたのだ。

その一撃で匕首を失った男は御用《ごよう》となり、獄門《ごくもん》となった。男に殺しを依頼した米屋のあるじも同じ運命をたどった。

もしあのとき鹿三郎がいなかったら、今、自分は生きていない。

それだけに七十郎はなんとしても鹿三郎を自らの力で見つけだし、恩返しをしたいという思いが強い。

だが、その七十郎の思いもむなしく、この日の午前中も手がかりらしいものを得ることはできなかった。

神田上水《かんだじょうすい》にかかる江戸川橋《えどがわばし》を渡り、時の鐘で知られる新長谷寺《しんはせでら》の近くの関口台町《せきぐちだいまち》までやってきたとき、自身番《じしんばん》につめる家主の忠七《ちゆうしち》が駆け寄ってきた。

「今、御番所《ごばんしょ》に使いを走らせようとしていたところでした」

鹿三郎が行方知れずになったことは江戸のすべての自身番にも知らされており、町内の自治をまかされている町役人たちも鹿三郎の消息を必死に追ってくれていた。

「どうぞ、いらしてください」

七十郎は関口台町の自身番に連れてゆかれた。

そこにいたのは、一人の職人らしい男だった。眉《まゆ》にも鬢《びん》にも白髪がまじり、薄く伸びたひげも灰色だ。眼光が鋭く、いかにも年を経た練達の職人といった雰囲気を色濃く漂わせている。

その職人が目にした光景というのは、三日前の六月二十日、中間を連れた町方《まちかた》同心が、町人の男に導かれて急ぎ走ってゆくというものだった。

「その同心はこういう人だったか」

七十郎は、鹿三郎の顔と体の特徴をあげた。

「ええ、まちがいないと思いますよ。あっしが見たのは少し遠目でしたが、歳《とし》の頃は五十近く、眉が太く鼻は高かったですから。それに五尺七寸はある長身でしたし」

目の前の男は大工で、知り合いの年寄りに隠居所の屋根の修理を頼まれており、三日前の昼すぎ、道を走り去る三人を見たのだ。

「どこへ向かったかわかるか」

男は首を振った。

「いえ、そこまではわかりやせん。申しわけございやせん」

「町人に見覚えは」

「いえ、ございやせん」

「どんな男だった」

大工は鼻先に指を当て、考えこんだ。

「ちらりと見ただけですからはっきりとはわかりやせんが、歳の頃は三十すぎだったでしょうか……」

筋骨のしっかりした感じだったが、細身。背はけっこう高かった。

「三人を見たのは昼すぎといったが、正確な刻限はわかるか」

「そうですねえ、九つ半（午後一時）にはまだなってなかったと思います。さして儲《もう》けもねえ仕事だったんで、さっさと終わらせちまおうと昼飯もそこそこにはじめたもんですから」

それ以上引きだせることはなさそうだった。

礼をいって、七十郎は自身番を出た。ちょうど新長谷寺の鐘が七つ（午後四時）を告げた。

「なにか事件でもあって、その町人に塩川の旦那は呼ばれたんですかね」

清吉がきいてきた。七十郎は顎《あご》に手を触れた。

「そう考えるのが妥当だろうが、あるいは塩川さんはその町人に誘いだされたのかもしれん」

二

清吉を連れて七十郎は道を北上した。

やがて右手に、御先手弓組《おさきてゆみぐみ》の組屋敷が見えてきた。左手は志摩鳥羽《しまとば》で三万石を食《は》む稲垣《いながき》家の下屋敷や岩槻《いわつき》二万三千石の大岡《おおおか》家の抱《かかえ》屋敷だ。

さらに進むと組屋敷や大名屋敷は切れ、高田四ツ家《たかだよや》町《ちょう》となって、田園風景が広がる。

いくつか細切れの町地となっている高田四ツ家町の道沿いには、ぽつりぽつりと町屋が見えているだけだ。

さらに北側には、鬼子母神《きしもじん》の深い森が眺《なが》められる。鬼子母神の西側の広々とした畑は、雑司ヶ谷村《ぞうしがやむら》のものだ。

(塩川さんはこのあたりまでやってきたのだろうか)

七十郎は、清吉と二手にわかれて精力的に近辺のききこみをはじめた。

鹿三郎らしき同心を見たという者はなかなか見つからなかったが、やがて、清吉が一人の子供を連れてきた。

くりっとした目を持つ男の子で、表情が生き生きとしており、黒羽織を目の当たりにしても臆《おく》する様子は見受けられない。歳はまだ十に達していないだろう。

「さっきの話を、こちらの旦那にもきかせてやってくれ」

男の子はこくりとうなずいた。

「その家へ案内してくれるかい」

話をきき終えた七十郎は男の子に頼んだ。

ここだよ。男の子が足をとめたのは、丹波園部《たんばそのべ》で二万六千七百石余を領する小出《こいで》家下屋敷の東側に建つ一軒家の前である。

この男の子はこのあたりを遊び場にしているのだが、三日前の昼すぎ、町方同心と中間が町人に連れられるようにしてこの家に入ってゆくのを見たというのだ。

七十郎はいきなり足を踏み入れることはせず、家全体をまず眺めた。どうやら空き家らしく、人の気配は感じられない。

「人は住んでおらぬようだな」

七十郎は男の子にきいた。

「前はいたけど、その人たちが引っ越してからはここ半年くらい空き家だよ」

そうか、といって七十郎はかたく閉められている戸に歩み寄った。

「お邪魔するよ」

一応は声をかけておいてから戸に手を当て、力をこめる。なんの抵抗もなくするりとひらいた。

なかは暗い。むっとするような臭気が漂っている。この臭《にお》いは、と七十郎は思った。暗澹《あんたん》たる思いが心を占めてゆく。

「おぬしは下がっていろ」

きつい調子で男の子に命じる。七十郎の背中近くに寄ってきていた男の子は、清吉の手でうしろに追いやられた。

七十郎は土間《どま》に立ち、なかの様子を眺めた。だが、目が慣れず、ほとんどなにも見えない。急に風がないところに入ったせいで汗が噴きだしてきた。懐から手拭《てぬぐ》いを取りだす。

清吉が入ってきた。七十郎は戸を閉めるようにいった。もう目は慣れている。土間に人がうつぶせていた。

やはりな。胸のうちでため息をついてから、七十郎は近づいた。たくさんの蠅《はえ》がぶんぶんと飛びまわっている。

確かめるまでもなかった。すでに息絶えている。中間の大八だった。

もしや塩川さんも、と最悪の想像が頭をよぎってゆく。

家のなかをくまなく捜した。

土間をあがると板敷きの間があり、その先には畳が敷かれた六畳間。その右側の襖《ふすま》をあけると八畳間があった。

六畳間の奥の板戸をあけると、台所につながっていた。台所におり、裏庭につながる戸をひらいた。

圧倒的な光が雪崩《なだれ》のように流れこんできて、七十郎は目をしばたたいた。

庭の左手に井戸があり、その先は生垣になっている。生垣の向こうには畑が広がっていた。

なかに戻り、いくつかある押し入れをあけてみた。いずれも空だった。

七十郎はとりあえずほっと息をついた。鹿三郎の死骸《しがい》はどこにもない。

土間に引き返し、清吉に命じた。

「四ツ家町の自身番まで行って、応援を呼んできてくれ」

「承知しました」

清吉を見送った七十郎はひざまずき、大八の死骸をじっくりと見た。

背中を刃物で一突きにされたようで、破れた着物のあいだに赤黒い傷口がぱっくりと口をひらいている。あふれだした血は、かたまっている。

丸太のようにかたい体を傾け、ほかに傷がないか調べてみた。

見当たらない。背中の傷こそが大八の命を奪った傷だった。

「死んでるの」

背中に声がかかった。見ると、さっきの男の子が少し戸をひらいて顔をのぞかせていた。

七十郎は無言で立ちあがり、外に出て戸を閉めた。男の子に顔を向ける。

「この家に俺の仲間を案内してきた男に見覚えはあるか」

男の子は首を振った。

「ううん、一度も見たことのない人」

顔や体の特徴をたずねた。最初の大工と似たような答えが返ってきただけだ。

塩川さんはどうしたのだろう。

罠にかけられてこの場に連れてこられたのは疑いようもない。

それにしても、と七十郎は思った。大八はこの場で殺されたが、鹿三郎の死骸がないということは、ここからさらに連れ去られたのか。ここで殺害されたということはまずない。家のなかにも外にも、鹿三郎が流したらしい血の跡など見当たらなかった。つまり男は、鹿三郎を連れ去ることこそが目的だったということか。連れ去って、どうするつもりなのか。

一軒家の内も外も同僚たちや中間、小者《こもの》で一杯になっている。七十郎の上役に当たる与力《よりき》の寺崎左久馬《てらさきさくま》もやってきた。

「それにしても、たいへんなことになったな、七十郎」

先輩同心の樫原貞蔵《かしはらていぞう》が声をかけてきた。

「どう思う」

貞蔵にきかれ、七十郎は自らの考えを話した。

「なるほど、鹿三郎を連れ去ることこそ目的だったか……」

七十郎たちはこの家の持ち主を呼んだ。

「この家はいつから空き家だ」

貞蔵が家主にきく。

「去年の師走《しわす》の十日に、前に住んでいた一家が越してゆきまして、それ以来ですね」

いかにも実直そうな家主は腰をかがめて、答えた。丸い目にぴんとあがった眉毛が特徴的だが、それ以上に目を惹《ひ》くのは突き出た顎が三日月のように曲がっているところだ。

「およそ半年だな。その間、この家に住みたいという問い合わせはあったか」

「三度ほどございました」

「そのなかに怪しい者はおらなんだか」

貞蔵としては、鹿三郎を誘いこむにしてもまずこの家が空き家であることを知らなければ話にならないということなのだろう。

はあ、と家主は考えはじめた。

「そのようなお人はいらっしゃらなかったと思います。それに、この家が空き家であることを知るのはそんなにむずかしいことではないと思いますし」

「どうしてだ」

「手前の家やほかの家作《かさく》にも張り紙がしてあるからでございます」

これで家主は解放した。

「貞蔵、七十郎」

寺崎に呼ばれた。

「鹿三郎の身柄を奪うことが目的としたら、やはりうらみしかなかろう。鹿三郎にうらみを持つ者を徹底して洗え」

承知いたしました、と七十郎と貞蔵は声をそろえた。

三

いくらあやしても泣きやんでくれず、行きかう人たちも好奇の瞳《ひとみ》を向けてきて、どうにも勘兵衛《かんべえ》はいたたまれなくなった。

「あなたさま、私に」

美音《みね》がいい、勘兵衛はほっとして手渡した。

妻の手にやわらかく抱かれた娘はあっという間に静かになった。

あっけにとられた勘兵衛は鬢をぼりぼりとかいた。

「美音、こつを教えてくれ」

美音が、ふふ、と笑った。

「あなたさまは、大事に扱いすぎて動きがかたいのです。そのことがわかるから、この子も不安に駆られて泣きだすのですよ」

「でも、大事に扱わんとまずいだろう」

「勘兵衛さま、そのあたりのさじ加減が殿方にはなかなかわからないものなのでございますよ」

うしろを歩くお多喜《たき》がいう。お多喜のあとを少しおくれて、久岡《ひさおか》家の中間の重吉《じゆうきち》と滝蔵《たきぞう》がついてくる。

「しかし、父となられて二ヶ月もたつのですからもう少し上手になってもおかしくございませんのに、勘兵衛さまは一向に上達なされませんね」

「この子は、俺が父だってことがわかっておらぬのではないか」

「そう申しますより」

お多喜がしたり顔で説明する。

「そのような大きなおつむを持つ人がお父上であるというのは、いくら赤子といえども認めがたいものがあるのではないでしょうか」

「相変わらずいってくれるな、お多喜」

勘兵衛は顎のあたりをなでさすった。

「確かに頭は似ておらんし、似てほしくもないが、でも目許《めもと》と鼻筋の通っているところなど俺にそっくりだよな」

「とんでもない。奥さまにこそそっくりでございます」

「俺に似ているところはないのか、お多喜」

お多喜はまじまじと勘兵衛の顔をのぞきこむように見て、首をひねった。

「ないのではありませぬか」

「美音、相談がある」

「なんでございましょう」

「お多喜を古谷《ふるや》家に戻そう」

「あなたさまがよろしければ、私はかまいませぬ」

美音がしらっとした顔でいう。

「ま、奥さま、なんてことを」

美音がぷっと吹きだした。それにつられたか、赤子もにこにこと笑っている。

「冗談ですよ。お多喜さん、いえ、お多喜にはいろいろと教えてほしいことがたくさんございますもの」

お多喜が来た当初、さんづけで呼んでいたのをお多喜がやめさせたのだが、それでも美音はまだときおり口をついて出てしまう。

「目当てのお漬物だって、まだものにしたとはいえませぬし。それに、お多喜がいると、屋敷のなかが明るくなって、私も気持ちが晴れ晴れとします」

美音がうれしそうにお多喜を見つめた。

「この人が出てゆけと申しても、お多喜、ずっといてくださいね」

涙もろいお多喜はそれだけで目のあたりを指先でぬぐっている。

勘兵衛自身、まさか二人がこれだけ仲よくなるとは思っていなかった。どちらも気をつかいすぎているというわけではなく、お互いを尊重しつつ気が合っている感じだ。お多喜が久岡家に移ってきてからまだ一月半ほどなのに、ずっと昔からともに暮らしてきたような雰囲気が、二人のあいだにはごく自然に生まれている。

なんにしろ、二人がうまくやっているのを見るのは気持ちのいいものだった。

勘兵衛は、美音に抱かれている赤子を見た。この世に生まれ出て二ヶ月余り。義父の蔵之丞《くらのじよう》が史奈《ふみな》と命名した赤子は、風邪一つひくことなくすくすくと育ってくれている。母の手に抱かれて安心したのか、いつの間にか寝入っていた。

美音が史奈の頰《ほお》に浮いている汗を、懐紙でていねいにぬぐってやった。そのあたりにも母としての落ち着きが出てきているようで、勘兵衛はまぶしいものを覚えた。

久岡家の菩提寺《ぼだいじ》である臨興寺《りんこうじ》に着いた。

この寺には、美音の実兄で勘兵衛の親友だった蔵之介《くらのすけ》が眠っている。今も月命日には欠かさず墓参をしており、今日六月二十四日がその日だった。

勘兵衛は蔵之介の墓の前に立った。横に美音が控える。史奈はお多喜にまかせ、じっと手を合わせている。

勘兵衛はいつもと同じことを蔵之介に向かって語りかけた。俺たちがつつがなく暮らせるようしっかり見守っていてくれ、と。

おそらく、美音も同じことを兄に告げている。

「美音、戻るか。暑いだろう」

美音はくすりと笑った。

「暑いのはあなたさまではないですか」

「そんなことはない。俺は夏は好きだぞ」

「あなたさまが夏が好きなのは、ただ薄着でいられるからでございましょう」

「それも理由の一つだが、なんといっても井戸水を豪快に浴びられるのがいちばんだな」

勘兵衛たちは庫裏《くり》を訪ね、住職の啓順《けいじゅん》としばらく歓談した。心づけを渡してから、臨興寺をあとにした。

番町《ばんちょう》の屋敷に戻った。ときは七つ（午後四時）前で、門をくぐる頃にはようやく涼しさを覚えさせる風も吹きはじめていた。

奥の座敷に向かい、義父母の蔵之丞と鶴江《つるえ》に帰宅の挨拶《あいさつ》をした。

「どれ、美音、史奈をよこしなさい」

孫を受け取った蔵之丞の表情は、煮こみすぎた餅《もち》のようにゆるんでいる。

勘兵衛は、ほほえましい思いで義父を見守った。

勘兵衛の眼差《まなざ》しに気づいたように蔵之丞が顔をあげた。

「暑かったであろう。勘兵衛、さっそく水を浴びるがよかろう」

その言葉に甘え、勘兵衛は庭に出た。諸肌《もろはだ》脱ぎになり、満杯の桶《おけ》をひっくり返す。一気に汗が流され、さっぱりした。手拭いで体を拭《ふ》き、着物を着直す。

斜めに入りこむ陽射しに木々の葉が輝き、そこかしこで油蟬《あぶらぜみ》が鳴いている。

そういえば、と勘兵衛は思いだした。子供の頃、この庭で蔵之介と蟬取りをしていて、蟬を食べられるか、という話になったことがある。なぜあんな話になったのか、覚えていないのだが、子供の時分というのは大人では理解できないことを平気でするものだ。

とにかくそういう話になり、勘兵衛は勢いで食えるさ、といってしまい、つかまえた油蟬をえいやとばかりに口に入れた。

できたのはそこまでで、嚙《か》むことなど到底できず、あまりの気持ち悪さに口をあけた途端、油蟬は飛びだしていった。ごていねいに小便までして。

蔵之介は腹を抱えて笑っていた。その姿に無性に腹が立った勘兵衛は熊蟬を手にし、食べろ、と蔵之介の口に持っていった。蔵之介は拒否し、勘兵衛はさらに頭に血がのぼった。

それで結局、取っ組み合いになり、騒ぎをききつけた美音がやってきて、あいだに入ってくれたのだ。

「なにをそんなに楽しそうなお顔をされていらっしゃるのです」

台所のほうから木々のあいだを縫って姿をあらわしたのは、お多喜だった。

勘兵衛は笑ってわけを話した。

「蟬だけではございませんよ。もっとちっちゃな頃、勘兵衛さまは池の蛙《かえる》を食べようとなされて、私は必死におとめいたしましたよ」

「蛙だと」

まるで覚えはない。

「それにしても、勘兵衛さま、ありがとうございました」

唐突にお多喜が頭を下げる。

「なんだ、どうした」

「こちらに移らせていただいたことでございます」

「もうすっかり久岡家の顔だよな」

「そんな大それたことは一度たりとも思ったことはございませんよ」

「でも古谷にいたとき以上に元気だよな。顔色もいいし、体調もすこぶるいいみたいだ。樽《たる》ぶりにも磨きがかかっているぞ」

むっとし、お多喜が目を光らせた。

「樽ぶり、というのはどういう意味でございます」

「いや、まあ、深い意味はないんだ。ほら、お多喜、台所の者が呼んでいるぞ」

お多喜が振り返る。その隙《すき》に勘兵衛はさっさと逃げだした。

翌朝、勘兵衛はつとめに出た。四半刻《しはんとき》(三十分)ほどの道筋をたどって江戸城に向かう。いつもと同じで、五つ(午前八時)前には八十畳の広さを持つ書院番《しょいんばん》の詰所《つめしょ》である虎《とら》之間《のま》に正座をし、口を引き結んでときをやりすごした。ようやく昼休みになった。ずいぶん長いこと座り続けたように感じたが、実際には二刻しかたっていない。

勘兵衛は詰所を出て控え室に行き、弁当を手にした。同僚たちとともに御書院番弁当部屋に入る。

美音がつくってくれた弁当をさっそくひらいた。

「久岡どの、昨日はどうされていた」

隣に座った橋口《はしぐち》喜太夫《きだゆう》が箸《はし》をつかいつつ、きいてきた。

勘兵衛が答えると、喜太夫は慎み深く律儀といわれる書院番らしく、穏やかにうなずいてみせた。

「蔵之介どのも喜ばれたであろう」

喜太夫は千三百石取りの旗本で、書院番として出仕しはじめてもう十五年になるときいている。目尻の深いしわが柔和な性格を感じさせ、ほどよく引き締められた両唇が意志のかたさを感じさせる。蔵之介とも親しかったらしい。

「史奈どのは風邪をひいておられぬか」

喜太夫の横に座る土門文之進《どもんふみのしん》が、勘兵衛の顔をのぞきこむようにしてきた。千五百石を食む文之進は、とにかく顔が長いのが特徴だ。身長も五尺八寸ある勘兵衛より二寸は高く、見おろされるとかなりの威圧感を覚える。

「ええ、おかげさまで」

「しかし注意されるがよい。夏だからといって、油断はできませぬゆえな」

「それはもう肝に銘じております」

「そうなんですよ、久岡どの」

文之進の横から声をかけてきたのは、萩原弥三郎《はぎわらやさぶろう》だ。弥三郎は久岡家と同じ千二百石取りの旗本だ。

この三人は歳がともに近く、三十二から四といったところだ。

「それがしの伯父《おじ》の家なんですが、生まれて三ヶ月ばかりの赤子に昼寝をさせていて、気づいたときには、ということがありましたから。注意してしすぎるということはまずないと思いますよ」

「おい、弥三郎」

喜太夫がたしなめる。

「ええ、きっと」

「縁起でもないことをいうんじゃない」

「これは失礼を。申しわけございませぬ」

弥三郎は喜太夫に頭があがらない。はやくに長兄を亡くした弥三郎は、喜太夫のことを兄のように思っているようだ。

「いえ、とんでもない。どうか、お顔をおあげください」

それから、話題はたわいもない世間話に移っていった。

勘兵衛にとってそれなりに楽しく穏やかなひとときではあるが、これだけ平和でなにごとも起こらないと、なにか血湧《わ》き肉躍るものがほしくてたまらなくなるときがある。

ときおり戦国の頃の先祖がうらやましくてならなくなるのは、こんなときだ。常に危険と対峙《たいじ》しており、一杯に張られた帆のような緊張とともに暮らしていたはずで、退屈などという言葉とはきっと無縁だったのだろう。

勘兵衛は、なごやかに談笑している三人の顔を眺めた。この三人に、そういう不満はないのだろうか。

四

六月二十七日、大八の葬儀が八丁堀《はっちょうぼり》の組屋敷内にある中間長屋で行われた。

町人が住む長屋と変わりのない、九尺二間《けん》半の広さの長屋である。

この長屋に大八は父親と妻の三人で住んでいたのだ。

喪主は父親がつとめた。

出仕前に七十郎は寄り、線香をあげた。

部屋の奥の壁際に棺桶《かんおけ》が置かれ、飯が盛られた茶碗《ちゃわん》に箸が立てられている。この箸は生前、大八が愛用していたものだ。

棺桶の横に座る妻は気丈だった。必死に涙をこらえている。大八がまだ二十四の若さで、この妻は十九ときいている。

大八が死んで、これからどうするのだろう、と七十郎は思った。このまま義父と二人では暮らせまい。実家に帰るのだろうか。

線香をあげた七十郎のあとに続いたのは、鹿三郎の妻だった。

鹿三郎の妻は申しわけなさそうな顔をしている。夫の不始末で、大八を死に追いやったと思っているのだろう。夫が心配で胸が張り裂けそうなはずなのに、そのことを微塵《みじん》も表情にあらわしていない。そのことが七十郎には哀れに感じられてならなかった。

七十郎は、必ず鹿三郎を見つけだすとの思いを新たにした。

それは、線香をあげに来た誰にも共通する思いのはずだ。

本来なら葬儀に最後までつき合うのが筋だが、鹿三郎の行方がわからなくなっている今、参列のときさえ惜しかった。

七十郎は大八の父と妻に、きっと仇《かたき》を討つことを明言して、大八の店《たな》をあとにした。

清吉を連れて、大八の死骸が見つかった、雑司ヶ谷村の空き家に再びやってきた。

とりあえず、ほかに行くべきところが見つからない。下手人がなにか手がかりを残しているかもしれない。

昨日は、寺崎左久馬にいわれたように鹿三郎にうらみを持つ者がいないか、徹底して調べてみた。

しかし、そういう者は見つからなかった。むろん、一日だけで見つかるはずもなかったが、もともと鹿三郎は人にうらみを買うような人物ではなかった。

ここ最近、鹿三郎が追っていた事件はなにか。七十郎はあらためて調べてみてもいる。

昨年の今頃から二、三ヶ月ごとに一度、押しこみがあり、これまで四軒の商家が襲われた。鹿三郎もむろんこの事件を追っていたが、鹿三郎がこの押しこみに関し、命を狙《ねら》われかねない手がかりを得たという話もきいていない。

「旦那、なにも見つからないですねえ」

くまなく家のなかを捜した清吉が力なく首を振る。

「清吉、ちょっと外に出るか」

二人は軒下に立ち、息を入れた。あたりを吹き払ってゆく風が心地よく、いっぱいにかいていた汗が、少しずつひいてゆく。

左手から急ぎ足で歩いてくる男に、七十郎は気づいた。

「おや、これは稲葉の旦那」

目の前にやってきたのは、鹿三郎から手札を預けられている岡っ引の五助《ごすけ》だ。

「なにか手がかりはあったか」

七十郎がきくと、五助はごま塩頭を大きく横に揺り動かした。

「駄目です。なにも見つかりません」

無念そうにいって五助は空き家を見た。

「なにかありましたか」

「いや、こちらもなにもない。ところで五助、塩川さんはここ最近、なにを調べていた」

「例の押しこみです」

「なにか手がかりを得ていたか」

七十郎はあらためてたずねてみた。五助が渋い顔になる。

「いえ、残念ながら」

「ほかに調べていたことは」

「いえ、これといって。次の犠牲者が出る前に賊どもを一刻もはやくお縄にせんと、と全力を傾けておられました」

七十郎は少し考えた。

「ほかの者にもきかれただろうが、いくつか質問する。答えてくれ」

五助が小腰をかがめる。

「へい、なんでもどうぞ」

「ここしばらく塩川さんの身のまわりにおかしなことはなかったか」

「いえ、気がつきませんでした。旦那もそのようなこと、おっしゃってなかったですし」

「誰かの眼差しを感じたりとか、何者とも知れない気配を感じたりとかはなかったか」

「いえ、それも」

「殺してやるとか思い知らせてやるとか、脅しめいたことをいわれてはおらなんだか」

「そういうのもなかったですね」

五助があっさり首を横に振った。

「塩川さんにうらみを持つ者に心当たりはないか。もしくは、うらみを持ってもおかしくない者はおらぬか」

「いえ、稲葉の旦那もご存じでしょうが、お縄にした者に逆に慕われるようなお人柄でしたから……」

それでも、うらみを持つ者がいなかったということはあり得ない。

だが、中間を除けば最も身近な者になにも心当たりはないというのは、本当に命を脅《おびや》かされるようなことはここ最近、なかったということなのだろう。

だからこそ、鹿三郎も簡単に罠にかけられたということなのではないか。

「すまなかったな、もういいぞ」

五助をねぎらってから、七十郎はその場を離れた。うしろを清吉がついてくる。

歩きながら、もしかすると、という思いが七十郎のなかでわきあがってきた。

これは鹿三郎だけに対するうらみではなく、町廻り同心全体へのうらみを持つ者の仕業《しわざ》ではないのか。あるいは、町奉行所に対する意趣返しか。

これだけきいて鹿三郎が罠にかけられる理由に思い当たるものがないのなら、そういうことになるのではないか。

となると、次に狙われるのは奉行所の者なら誰であってもおかしくはない。もちろん、自分というのも十分すぎるほど考えられる。

五

「おう、勘兵衛、久しぶりだな」

座敷の奥に陣取っている男が手をあげた。

勘兵衛は笑って近づいた。

「久しぶりって、ほんの十日前に飲んだばかりではないか」

左源太《さげんた》の隣に腰をおろす。

「そりゃそうだが、十日ならやっぱり久しぶりだろう。おぬしが婿《むこ》入りする前には、毎日のように会っていたのだからな」

その通りだ。ほとんど希望のない部屋住《へやずみ》の身で、憂さ晴らしも同然に犬飼《いぬかい》道場に行っては竹刀《しない》を振るっていたのだ。

勘兵衛はまわりを見渡した。

楽松《らくまつ》の二階座敷。安さとうまさが知られた店で、相変わらず混んでいる。

勘兵衛は今日朝番で、八つ（午後二時）にはつとめを終えていた。今はまだ七つ半（午後五時）をまわっていない。

「なんだ、疲れた顔だな」

左源太にいわれた。

「まあな。以前のように、いくらでも殴られてくれる相手がおらんからな、気散じも思うにまかせん」

左源太がぎろりと見る。

「いくらでも殴れる相手というのは、俺のことか」

「おぬしだけじゃないさ。大作《だいさく》もだ」

「勘兵衛、今の俺を知らんな。いつでも道場に来い。相手をしてやる。前みたいに一方的にやられはせんぞ」

「ほう、頼もしいな。前に、技を工夫したことがあったよな。あれ以上の工夫ができたのか」

「いや、できぬ」

「なんだ、しっかりしろ。まさかあの技がまだ通用すると思っておらぬだろうな」

「わかってるさ。今、いろいろと工夫しているんだ。勘兵衛があっというような技をそのうち見せてやる」

「楽しみにしておこう。ところで、ほかの者はまだなのか」

「すぐに来るだろうよ。ほら、大作がやってきた」

大作は道場の後輩らしい若い男を五名ほど連れている。大作はあぐらをかいたが、若者たちは正座をし、勘兵衛を囲むように円をつくった。

「勘兵衛、久しぶりだな」

大作も十日前の酒席で顔を合わせている。勘兵衛は、ああ、とうなずいた。左源太が小さく笑みを漏らす。

大作が身を乗りださせた。

「おまえに会いたい、という者たちを連れてきた。ほら、おまえたち、これが噂《うわさ》の久岡勘兵衛だ。どうだ、でかい頭だろう」

「なんだ、俺は見せ物か」

「怒るな。冗談だ。犬飼道場一の遣《つか》い手《て》ということで、おぬしの顔を見たいという者が跡を絶たんのさ」

「そうだぞ、勘兵衛。おぬし、いくらつとめがあるからって、最近、冷たいんじゃないのか。全然、道場に来んじゃないか」

「わかった。今度の非番にでも行くよ」

「それは楽しみだな」

大作がうれしそうにいう。

「久しぶりに勘兵衛の豪快な太刀筋《たちすじ》を見られるなんてな」

若者たちも瞳を輝かせている。

「ほら、おまえたちも勘兵衛に挨拶をしろ」

五人は次々に名乗り、頭を下げた。勘兵衛はていねいに名乗り返した。

楽松の店主である松次郎《まつじろう》が挨拶にあらわれた。

「ようこそお越しいただきました」

「おう、あるじ、挨拶などどうでもいい。まかせるから、どんどん料理と酒を持ってきてくれ」

左源太が声をあげる。

「承知いたしました」

「勘定は、この千二百石持ちのあるじが持ってくれるから、心配せんでいいぞ」

「承知いたしました」

深く腰を折って店主は障子の向こうに去った。

「おい、ちょっと待て、左源太。俺が持つのか。きいとらんぞ」

「いいではないか。ここにいるのはおぬし以外、全員部屋住だ。最も金まわりがいいのはおぬしだ」

「金まわりがいいなど、とんでもない。俺は養子にすぎぬ」

「おぬしには払う義務があるんだよ」

「なにゆえだ」

左源太はまわりを気にするように声を落とした。

「おぬしのことだから、ふだん気をつかってつとめに励んでおるのだろう。その疲れが顔に出ていると思うのだが、その疲れを俺たちが癒してやろうというのだ。おごるのは当然だろうが」

屁理屈《へりくつ》そのものだが、とにかく左源太たちが元気づけようとしてくれているのだけは理解できた。

「よかろう。おごろう」

左源太、大作より、むしろ若者たちから大きな歓声があがった。

次々に酒や料理が運ばれてきた。若者たちは遠慮なしに酒を飲み、煮物や焼き物を胃の腑《ふ》におさめてゆく。その食いっぷりは見ていて気持ちよかった。

「ところで、左源太、大作」

勘兵衛は徳利を傾け、二人に酒を勧めた。

「婿の話はないのか」

「ないぞ」

「俺もだ」

「勘兵衛、おぬし、書院番の先輩に話をしてくれぬか。このままだと一生、俺たちは部屋住のままだ」

「わかった、きいてみよう」

左源太も大作も必死の目をしている。

部屋住の肩身のせまさは勘兵衛も身にしみて知っている。なんとか力になりたいものだ、と心の底から思った。

尿意を催した勘兵衛は障子戸を抜けて、階段をおりた。廊下を進んで、厠《かわや》に入る。用を足し、手水場《ちょうずば》で手を洗った。

手拭いで手を拭き、中庭に沿う廊下を歩きだして、ふと立ちどまった。

空は晴れていて、星が一杯に輝いている。月はここからは見えない。もっとも、月末だから、見えたとしても糸のように細い月だろう。

ここで蔵之介とともに月を眺めたことが思いだされた。

あれは四年前の夏だ。今夜と同じように道場仲間で集まって飲んだのだ。

その夜に限って蔵之介が珍しく酔い潰《つぶ》れ、吐きそうだ、といった。あわてて勘兵衛が厠に連れてゆき、吐かせたのだ。

あのとき、すでに蔵之介は書院番として出仕をはじめていた。おそらく慣れない仕事やはじめて会う人たちとの応対に気疲れを覚え、勘兵衛たちの顔を見てほっとし、つい酒をすごしてしまったのではあるまいか。

いつもしっかりしている蔵之介が自分たちには弱さをさらけだしてくれたような気がして、勘兵衛はうれしさを覚えたものだ。

吐かせたあと、蔵之介を廊下に連れてきて夜気《やき》に当たらせた。あの夜はきれいな満月で、鮮やかな光が地上に降り注いでいた。庭の梢《こずえ》に当たる光は、まさに金色の砂となってこぼれ落ちているような感さえしたものだ。

会いたいな、と勘兵衛は思った。

ときおり、蔵之介を失ったことの大きさに呆然《ぼうぜん》とすることがある。蔵之介が死んでから三年以上が経過しているのに、いまだに死の衝撃は薄れていない。

勘兵衛は首を振り、歩きだそうとした。ふと背後に妙な気配を感じて、振り向いた。

男が二人、さっき勘兵衛がいた手水場のそばに立っている。身じろぎ一つせず、まるで二つ並んだ地蔵のようだ。

勘兵衛は眉をひそめた。

二人が明かりの届かない陰にいて、顔をまったく見せていないのが気に入らない。それでも、目を光らせてこちらをじっと見つめているのがわかった。

どうにも説明のできない気持ち悪さを感じた勘兵衛はきびすを返し、二人の顔を見ようとした。

うなずき合うようにした二人の男はすばやい身ごなしで体をひるがえし、その場をさっさと立ち去った。

勘兵衛は見送るしかなかった。

どうやら武家のようだ。羽織、袴《はかま》を身につけ、腰には二本差。二人ともよく鍛えているのを感じさせる痩身《そうしん》で、動きのなめらかさ、腰の落ち方からして相当遣いそうだった。

(いったいなんなんだ)

勘兵衛の胸にはいやな思いが、池底の泥のように重く残った。

六

「樫原さん、何人殺《や》られたんです」

七十郎はまだ店のなかに入ることなく、通りに立っている。東側の町屋を越えてまばゆい朝日が射しこんできて、あたりは一気に明るさに包まれた。

「八名だ。家族、奉公人、残らず殺害された。四つと三つの年子もだ」

貞蔵の顔には、決して許さんという思いが深く刻まれている。

昨夜、去年から凶行を働き続けている押しこみがまたもあらわれ、ここ南本所石原《みなみほんじょいしわら》町《ちょう》の米問屋・春野屋《はるのや》を襲ったのだ。

表通りに面した店で、五間ほどの間口《まぐち》を誇り、店の左手に入堀《いりほり》が延びてきていて荷の積み卸しがし易くなっている。

今、町医者の道完《どうかん》が八つの死骸の検視をしている最中だった。

「金は」

「おそらく七百両はいかれたんじゃないか、という話だ」

「手がかりは」

「これまでと同じだ」

つまり、なにもなしということだ。賊どもはよほど周到に策を練り、押し入っている。なんといっても、これまで賊の姿を見た者が一人もいないのだ。だから、賊が何人かもわかってはいない。少なくとも、殺しの手際から一人ではないだろう、との推測がなされているだけだ。

「七十郎、鹿三郎の行方も気になるが、今はこっちのほうだな。一刻もはやくとっつかまえなきゃ、また犠牲者が増えるぞ」

その通りだ。ひっとらえ、獄門台に送ることこそ、七十郎たちがすべきことだった。

道完が貞蔵のところにやってきた。

「いかがです」

貞蔵が丁重にきく。

「八人とも、匕首のような刃物で殺されています。こういってはなんですが、手際は相変わらず鮮やかなものですな。ほとんど一突きで命を奪っていますよ」

道完は悔しげに唇を噛んでいる。

「樫原さん、はやくつかまえてください。手前はこれ以上、こんなむごい死骸を目にするのは勘弁願いたい」

「わかりました。必ず」

一礼した道完は小者を連れて、道を遠ざかってゆく。

「賊どもはどこから入ったんです」

七十郎は貞蔵にきいた。

「いつもと同じ、裏口のようだ」

「あいていたんですか」

「それはいくらなんでもなかろう」

「となると、手引きをした者がいるということでしょうか」

「いや、そういうのはこれまでと同じくおらぬようなんだ。ここ最近、新たに雇い入れた者もおらぬようだし」

七十郎は首をひねった。

「となると、どういうことになるんでしょうか」

ふむ、と貞蔵がうなるような声をだした。

「相変わらずさっぱりだ。この店も押しこみのことは耳にしており、戸締まりは厳重にしていたようだ。押しこみのことがなくとも、もともと用心深い商家だったらしい」

貞蔵が続ける。

「とにかく、なかに入りこんだ賊どもはあるじたちを脅して蔵の鍵《かぎ》をださせ、金を奪ったのだろう」

貞蔵が七十郎の肩越しに視線を投げた。

「おい、右馬進《うまのしん》」

一人の男を呼び、手招く。それに応じて黒羽織を着た男が寄ってきた。

七十郎は目を丸くした。

「あれ、今日からか」

「ええ、そうなんですよ」

少しはにかむように答えたのは中川《なかがわ》右馬進という男だ。弱冠十八歳。

「七十郎、面倒を見てやってくれ」

「では、それがしと一緒に探索を行うのですね」

「そういうことだ」

「わかりました。喜んで」

右馬進は面長で鼻が高く、目がわずかに引っこんだように見える彫りの深い顔をしている。おしろいでも塗ったかのように白い肌は夏の陽射しに焼けて、ゆでたように赤くなっていた。

「稲葉さん、よろしくお願いします」

深く頭を下げてきた。

「こちらこそよろしくな」

右馬進は見習として五年以上も前から奉行所に出仕しており、七十郎もよく知っている。さっぱりした気性のとても気持ちのいい男だ。

その男が今日から鹿三郎の代わりとなって、町廻り同心としての第一歩を踏みだすことになるのだ。

鹿三郎がしてくれたように、七十郎も右馬進にこれまでの経験から得たすべてを惜しむことなく教えこむつもりになっている。

「どれ、右馬進、なかを見てみるか」

七十郎は右馬進を連れて、店の奥に進んだ。途中、陽射しが入りこんできたところがあった。七十郎は目を細めた。

中庭があり、さまざまな草木が植えられ、いかにも高価そうな石もいくつか置かれている。三日月のような形をした小さな池には鯉《こい》が泳ぎ、右手の泉から静かに流れこむ水がわずかに水面《みなも》を波立たせていた。

廊下沿いの最初の間で、四つの死骸が折り重なっていた。いずれも壮年の男だ。

「奉公人ですね。むごいことを」

右馬進は端整な顔をゆがめている。

さらに廊下を進んだ突き当たりが、あるじたち家族の部屋だった。

なかをのぞきこんだ右馬進が、うっとうめくような声をあげて顔をそむけた。

子供が二人、抱き合うようにしてうつぶせている。お互いが流した血の池に、横顔を浸していた。

そのうしろに主人夫婦の死骸。

一目見て、心の臓を一突きにされているのがわかる。二人とも苦悶《くもん》の表情は浮かべていない。眠っているとの形容は当たらないが、ほとんど痛みを感じずにあの世に旅立ったことがうかがえた。

苦しませないという配慮などではなく、人をただ虫けらのように見ている証《あかし》以外のなにものでもなかった。

七十郎は怒りが沸々とたぎるのを感じた。

「よし、右馬進、賊どもを引っとらえるぞ」

七

勘兵衛は子供の泣き声で目覚めた。

少し頭が痛いが、たいしたことはない。昨夜はそんなに飲んではいない。

横になったまま隣を見ると、夜具の上に起きあがった美音が乳をやっていた。喉《のど》を鳴らすようにして史奈は飲んでいる。真っ白な乳房に勘兵衛は目を奪われた。

美音がちらりと勘兵衛を見た。

「すごい飲みっぷりだな」

「ええ、とても。痛いくらいの吸い方。いったい誰に似たのでしょう」

勘兵衛は頬をぼりぼりとかいて立ちあがった。今日は休みで、城に行かずにすむことにほっとしたものを感じている。

庭に出て、井戸で顔を洗った。気持ちのいい朝で、ややひんやりとした風は少し乾いているようだ。もう秋がそんなに遠くないことを教えてくれる。

ただし、梢を通り抜けて射しこむ日の光には、いつでも本領を発揮できる獰猛《どうもう》さがひそんでいる。

朝餉《あさげ》をとり、四半刻ほどのんびりと茶を喫したあと、勘兵衛は重吉と滝蔵を庭に呼びだした。

「暑くなる前にはじめるぞ」

気合をこめるように深くうなずいた二人は手にした竹刀を正眼《せいがん》に構えた。

二人の前に勘兵衛は立ち、竹刀を上段に持ってきた。

「よし、どこからでもかかってこい」

二人には一月ほど前から剣術を教えはじめている。蔵之介が常に供に用いていた二人で、勘兵衛も蔵之介にならってそうしているが、以前、勘兵衛が襲われたとき腰を抜かし、なんの役にも立たなかったことがあり、二度とそんなことのないように鍛えているのだ。

もっとも、これは勘兵衛が強要したわけではなく、あのできごとを恥じた二人が申し出てきたのだが。

まだまだだが、最初の頃にくらべたらだいぶさまになってきた。生兵法《なまびょうほう》はむしろ危険なので、勘兵衛は徹底して仕こんでいる。

まず重吉が面を狙って仕掛けてきた。勘兵衛は撥《は》ねあげることはせず、しっかりと受けてやった。

鍔《つば》迫《ぜ》り合いののち、勘兵衛は重吉をうしろに押し返した。

代わって滝蔵が胴を打ってきた。受けとめた勘兵衛は足を運んで、滝蔵の面を打とうとした。滝蔵をかばって重吉が進み出、勘兵衛の竹刀を鋭く打ち返した。

勘兵衛はその勢いに押される格好を見せた。

それを好機として、二人は激しく攻め立ててきた。

勘兵衛は、少しあわてたようなふりをしながらも、すべて受けた。

ただ、二人の攻勢はたいして続かなかった。責めがあまりされていない馬と一緒で、すぐに息切れしてしまうのだ。

「なんだ、どうした。もう終わりか」

勘兵衛が叱咤《しった》すると、重吉がきっと顔をあげた。重吉のほうが滝蔵より筋がいい。勘兵衛が考えていた以上の素質があるようで、このまま鍛え続ければ、それなりの剣士になれるかもしれない。

おりゃあ、と声を発して重吉は竹刀を上段から振りおろしてきた。

勘兵衛はぎりぎりで避けた。それに力を得て、右手から滝蔵も上段から打ちおろしてきた。それも勘兵衛は顔の寸前で受けた。

すでに半刻（一時間）近く鍛えられて、さすがに二人は音をあげる寸前になっている。ふらふらの上、汗びっしょりになっている。動きは鈍く、竹刀を勘兵衛に向けるのですら難儀そうだ。

「もうおしまいか」

「まだまだ」

叫んで重吉が胴を払いに来た。血ぶくれた蚊《か》が飛んでいるような竹刀だったが、勘兵衛は打たれてやった。

「やった」

はじめてのことで、重吉は両手をあげて喜びをあらわにした。

「甘いっ」

勘兵衛は重吉の肩を打ち据えた。

あいたた。重吉は肩を押さえて地面に膝《ひざ》をついた。

それを見た滝蔵が打ちかかってきた。勘兵衛は滝蔵にも胴を打たせた。

滝蔵はやったという表情をしたが、油断はしなかった。しっかりと竹刀を正眼に構えている。

「滝蔵、行くぞ」

声をかけておいてから勘兵衛は一瞬の動きで滝蔵の横に出た。滝蔵が勘兵衛の姿を求めて竹刀をまわしたが、まったく間に合っていない。勘兵衛は滝蔵の竹刀を打ち据え、同時に手首をひねった。

腕からあっという間に竹刀が消え失《う》せて呆然とした滝蔵の胸に、軽く突きを入れた。

滝蔵は馬にでもぶつかられたようにうしろに飛んだ。尻餅《しりもち》をついて、ごほごほと咳《せ》きこんでいる。

「よし、もういいだろう」

勘兵衛がいうと、地面の上の二人はほっとした顔を見せた。

「二人ともよくなってきたぞ。このままがんばれば、左源太以上になれるぞ」

たまに屋敷に遊びに来る左源太を、二人は知っている。勘兵衛と剣の話をかわすこともあり、どの程度の腕前かもわかっている。

親しい友達を引き合いにだして悪いとは思ったが、ほめてやることが上達の早道だ。自分もそうだった。通っていた道場の師範代《しはんだい》がとにかくその気にさせるのがうまく、あの師範代に教えられたから今の自分があるのだ、と勘兵衛は思っている。

「よし、二人とも汗を流せ」

勘兵衛自身、この稽古《けいこ》で昨夜の酒が汗とともに体の外に出ていってくれた感じがしている。二人と一緒に井戸の水を浴びた。

勘兵衛は体を拭いて、座敷にあがった。

美音が茶を持ってきてくれた。

「史奈は」

「また寝ています」

そうか、といって勘兵衛は茶をすすった。少しぬるめにしてあり、喉をするすると通りすぎていった。勘兵衛は妻の気づかいに感謝した。

不意に、昨夜楽松にいた二人組のことが脳裏に戻ってきた。

「どうかされましたか。むずかしいお顔をされてますけど」

聡明《そうめい》な妻にはすぐにばれてしまう。勘兵衛は美音に隠しごとをしたくなかった。

きき終えて美音が眉をひそめた。

「その二人に見覚えはないとのことですが、心当たりはございませんのか」

勘兵衛は首を振った。

「殺気は感じたのですか」

「いや、それはなかった。ただ、いやな汗が流れていっただけだ」

美音は考えこむように下を向いていたが、やがてすっと顔をあげた。

「今はご注意なされませ、としかいいようがありませんね」

憂いを少しだけ表情にのせている。

「なにしろ、これまでもなんの心当たりもないままに狙われ続けてきたお人ですから。でも、きっと大丈夫。久岡勘兵衛は死にはいたしません。私が太鼓判を押します」

小さく笑みを見せた。

「なんと申しましても、悪運の強さは誰にも負けぬと私は信じておりますから」

「自分の夫をつかまえて、悪運はなかろう」

それでも、気分が軽くなった自分を勘兵衛は感じている。

八

「久岡どの、そのたくあんを一切れくださらぬか」

翌日、出仕した勘兵衛は午前の仕事をつつがなく終え、昼休みに弁当部屋で弁当を食べていた。美音が漬けたたくあんをぽりぽりと咀嚼《そしゃく》していると、声をかけてきたのは、橋口喜太夫だった。

「その、久岡どのの噛む音がどうにもうまそうで……」

「どうぞ、どうぞ」

勘兵衛は弁当箱を差しだした。

「では、遠慮なく」

喜太夫は器用な箸づかいで、たくあんを一つつまみあげた。一度弁当の飯の上に置き、それからぱくりとやった。

「これは、うまいですね」

文之進と弥三郎の二人にもわけた。二人とも、これまで食べたことがないくらいおいしい、といってくれた。

お多喜の教えもあり、美音の漬物づくりの腕は、ようやく勘兵衛を満足させる出来になってきている。といっても、まだまだお多喜本人が漬けたものにはかなわないのだが。

昼食を終え、勘兵衛は喜太夫たちと茶を喫した。いつ暑さがやわらぐのかとか、昨日飲んだもらい物の冷や酒が思っていた以上にうまかったとか、妻が珍しくつくったみそ汁がやたら塩辛かったとか、たわいもないことを話した。

そんな穏やかなときが流れ、昼休みもあとほんの少しで終わろうとするときだった。勘兵衛の右手のほうから、よせ、危ない、という悲鳴ともつかない声があがった。

驚いて目をやると、一人の男が刀を手に目の前の男に斬《き》りかかってゆくところだった。刀は控え室の刀架《とうか》にかけておくのが決まりだから、きっと持ちだしてきたのだろう。刀を向けられた男は背中を見せて逃げだそうとしたが、振りおろされた刀のほうがはるかにはやかった。

血が激しく噴きあがり、左側の襖にかかった。背中を斬り割られた男は畳に突っ伏した。ぴくりとも動かず、もう息絶えているのは明らかだ。

近くにいた同僚たちは呆然とし、それから逃げまどった。頭に手を当て、女のような悲鳴をあげている者もいる。

勘兵衛は立ちあがり、刀を持つ男のもとに急いだ。こちらに駆けてくる同僚たちとぶつかり、なかなか前へ進めない。

血刀を手にした男は、さらに一人の同僚の足を横に払った。同僚は右のすねのあたりから血を流し、横倒しに倒れた。

その同僚には目もくれず、さらに男はもう一人を標的にした。狙われた同僚は脇差《わきざし》を抜いて応戦しようとしたが、男の刀は脇差をするりと抜けて胴に入った。

腹を斬り裂かれた男は前かがみになり、畳に膝をついた。その瞬間を狙い澄ましたように刀が一閃《いっせん》した。

男がくりとうなだれるようにうつぶせになった。頭が畳についたそのとき、首がごろりと転がった。首の切り口から、血がほとばしり出ている。畳はあっという間に朱に染まった。

男は、すねを斬られて動けない男に無造作に近づいた。手で這《は》いずるようにうしろへ逃れようとしているところに、一気に刀を振りおろした。左肩から胸にかけて斬り割られた男は即座に絶命した。

そのときようやく勘兵衛は、逃れようとする人波をくぐり抜けた。

男は、もう一人に狙いを定めていた。刀を右手一本で振りあげて、近づいてゆく。狙われた男は必死に逃げまどっていた。

血走った目をしている割に狙う側の男の足さばきはなめらかで、確実に獲物を間合に追いこみつつある。

ついに座敷の隅に追いつめた。

柱に背中をくっつけて寒さに打たれた子猫のようにぶるぶる震えている男は、両手を合わせて懇願している。

殺さないでくれ、頼む。

男はその叫びを無視して近寄った。刀をゆっくりと振りあげる。

「待った」

勘兵衛は二人のあいだに身を入りこませた。うしろの男が勘兵衛にすがりつこうとする。

「邪魔立てするなら、おぬしも斬るぞ」

殺気に満ちた瞳をぎろりと光らせて、男が勘兵衛を見据える。返り血を一杯に浴びて、まさに悪鬼の形相だ。

男の本気が伝わって、勘兵衛は背筋がぞくりとした。

勘兵衛は手を動かして、背中にぴったり貼《は》りついている男に少し下がるよう、仕草で告げた。

「どんなわけがあるか知らぬが、ここはひとまず刀をおさめられよ」

男が口をゆがめるように笑った。

「まさか冗談をいっているのではないよな。ここで刀をおさめたところで、切腹よ。三人殺そうが四人殺そうが、もはや同じことだ。どけ」

勘兵衛は首を振った。

「なら、きさまも道連れだ」

男が刀を振りおろした。見守っている同僚たちから、おう、というどよめきが起きた。

袈裟《けさ》に振りおろされた刀を勘兵衛は左側に動くことで避けた。かわされたのをさとった男が胴に切り返そうとするところをすばやく体を寄せて、ぐいと刀の柄《つか》をつかんだ。

勘兵衛と男はもみ合う形になった。

「きさま、放せっ。俺はその男を殺さなければならんのだ。頼む、放してくれ」

必死の目でいい募る。

「うらみがあるんだ。頼む、放してくれ」

勘兵衛にその気がないのを知った男は、足払いをかけてきた。勘兵衛はそれを逆に利して、男に身を密着させるや、投げを打った。

男はあっという声を残して、畳に背中から倒れこんだ。

刀はまだ握ったままで、おのれっ、と怒声を発して立ちあがった。勘兵衛は懐に走りこみ、腹へ拳《こぶし》を突きだした。

うめいた男は勘兵衛をうらめしげな目で見たあと、どたりと前のめりに倒れた。気を失っている。

同僚たちが、やった、と歓声をあげた。

勘兵衛は、気絶した男の腕から刀をもぎ取り、腰から脇差を抜き取った。

「久岡どの、大丈夫か」

声をかけてきたのは、喜太夫だ。

「ええ」

「今、徒目付《かちめつけ》のもとへ人を走らせた。おっつけ、やってくるだろう」

勘兵衛はうなずき、暗澹とした気持ちで弁当部屋のなかを見渡した。

悲惨な状況だ。死骸が三つ横たわり、襖はぶちまけたような血しぶきで染められ、畳には黒々とした血だまりができている。

他の同僚の手で、男にがっちりと縛《いまし》めがなされた。男はまだ気絶したままだ。

「しかし、久岡どのはお強い」

喜太夫がいう。

「それに度胸もすばらしい。あれだけの剣を振るう者の目の前に、とてもではないが飛びこんでなどゆけぬものですぞ」

「まったくです。遣い手との評判はうかがっていましたが、まさかこれほどとは。いやはや、心より驚きました」

弥三郎が同意を顔に刻んでいう。

「その通りです。それがしも感服いたしました。磯部《いそべ》どのも、久岡どのがいてくれたおかげで命拾いをしましたな」

文之進が口にした。

男が遠慮がちに前に出てきた。

「それがし、磯部里兵衛《りへえ》と申します。久岡どの、礼を申しあげます」

汗で顔と着物をぐしょぐしょにしているが、蒼白《そうはく》だった顔には色が戻りつつある。歳自体は勘兵衛とさほど変わらないだろうが、今は十は老けたように疲れきっている。やや白いものがまじる鬢が乱れ、食いつめた浪人のようなうらぶれた感じが表情にあらわれていた。

「いえ、どうか顔をおあげください」

勘兵衛はいって、縛めをされて横たわっている男を見つめた。

「その男は西橋星之佑《にしはしほしのすけ》といいます」

勘兵衛の眼差しを追った喜太夫がいった。

名はきいたことがある程度にすぎず、これまで勘兵衛は一度も言葉をかわしたことがない。

「どうしてこんなことに。うらみがあるといっていましたが」

勘兵衛が里兵衛にただそうとしたとき、徒目付頭の飯沼麟蔵《いいぬまりんぞう》が姿を見せた。

敷居《しきい》際で立ちどまり、部屋全体をじっと見ていた。死骸が三つ転がっているのを確認すると、軽く息をついた。

足を踏みだし、勘兵衛のもとにまっすぐ歩み寄ってきた。うしろを四名の配下が続いている。

「なにがあった」

勘兵衛は目にしたことすべてを話した。

「この男が三人を斬ったか……」

配下が星之佑に縛めをし直し、それから活を入れた。

目を覚ました星之佑はなにがどうなったのか、わからない顔をしている。悪鬼のようだった表情はきれいに消え、むしろ、いかにも気が弱そうな一面がほの見えている。返り血のなか、目がおどおどしていた。

麟蔵の配下に立ちあがらされ、星之佑は荒々しく部屋の外に連れだされたが、あらがう姿勢はまったく見せなかった。

その姿を見送った麟蔵が目を転じ、里兵衛を見つめた。

「おぬしが最後に狙われた男か」

里兵衛が顎を縦に動かした。

「ふむ、運がよかったな。おぬしも来てもらおう。事情をききたい」

わかりました、と里兵衛はいった。

一歩進み出た麟蔵が勘兵衛の肩を軽く叩いた。またな、というように片手をあげて体をひるがえし、さっさと歩きだした。

里兵衛は悄然《しょうぜん》としたまま、襖の向こうに力のない足取りで消えていった。

「事情をご存じですか」

勘兵衛は喜太夫にたずねた。

「いえ」

喜太夫は言葉少なに答えた。

「それにしても、西橋どのも、三人殺してはどんなわけがあろうと死はまぬがれんでしような」

勘兵衛も同感だった。

死骸が片づけられてゆく。ほんのさっきまで、笑いながら飯を食っていたにちがいないのに、それが今は一言もものをいうことができないむくろと化している。

唇を嚙み締めて勘兵衛は首を振った。なにがあったのか知らないが、こんなことは殿中でなくとも決してあってはならぬことだった。

九

七十郎は、右馬進とともに本所入江町《ほんじょいりえちょう》を歩いていた。河岸をはさんですぐ東側を、大横川《おおよこがわ》が流れている。

この町には、三ヶ月前に押しこみにやられた店がある。醬油《しょうゆ》と酢を取り扱っていた中館屋《なかだてや》という店で、ここも春野屋と同じく家族と奉公人がすべて殺された。

「ここだ」

七十郎は足をとめた。

中館屋はとうに閉められ、血縁や知人による再開の予定もないときく。三月ものあいだ人が住んでいないだけあって家にはすさんだ感じがすでに出てきつつあるが、誰かが入れば今日からでも商売はやれるだけの立派なつくりはまだ十分に保っている。

しかし、さすがに八名が皆殺しにされた家で商いをしようと考える者などいないようで、建物はいずれ取り壊されてしまう運命ではないだろうか。

「春野屋と中館屋に共通しているものというとなにかな」

七十郎は右馬進にきいた。

「そうですね、近くに舟がつけられる場所があることでしょうか」

それは前からわかっている。

おそらく賊は舟をつけた付近を襲い、金を運びだしている。春野屋以前に押しこまれた四軒にも、すぐ近くに舟をつけられる場所があった。

「ほかにはないか」

「あの木は中庭のものですか」

右馬進が指さす先には、屋根と同じくらいの高さがある樹木の先が見えている。

「ああ、そうだ」

「見られますか」

七十郎は、本所入江町の自身番につめている町役人から預かってきた鍵をつかって、締め切られている戸をあけた。

なかは、むっとした暑さがつまっていた。惨劇のあとの名残か、妙な生臭さが感じられ、修羅場にはだいぶ慣れてきている七十郎もいい気分とはさすがにいえなかった。

土間から上にあがりこみ、まだかかっている奥暖簾《おくのれん》を払って廊下を進んだ。

右手に中庭が見えてきた。けっこう広い庭で、木や草、石などが配置され、さらには泉がちろちろと流れている。建物にぐるりを囲まれているせいもあってやや薄暗い感はあるが、それでもこの庭があるおかげで、母屋《おもや》のなかはだいぶ明るく感じられる。

右馬進は、庭のやや右手に立つ大木を見あげている。

「稲葉さん、春野屋にもこんな感じの中庭がありましたよね」

七十郎は思いだした。確かにその通りだ。

「春野屋で、樫原さんが、裏口から入ったようだとおっしゃってましたね。しかし、手引きは考えられないとも」

「その通りだ」

「ということは、押しこむ前に賊がすでに店のなかにひそんでいたというふうに考えられませんか」

「確かに」

「表から忍びこむのはまず無理ですよね。瓦《かわら》屋根は急傾斜ですし。入るとしたら、その母屋がある裏手でしょう。母屋の屋根には忍び返しがあるといっても、一人でもとびきり身軽な者がいれば、やれぬことはないのではないでしょうか。店が忙しい刻限、そうですね、薄暮どきのような頃合を見計らって母屋の屋根にのぼり、中庭におりる。あとはどこか押し入れにでももぐりこんで、店の者が寝入るのを待つ、というのはどうでしょう」

七十郎は深くうなずいた。

「それなら十分にあり得るな」

「ほかの四軒に、中庭はあったんですか」

「いかにも伝いおりてくれといわんばかりのこのような大木はなかったが、中庭はすべての店にあったな。屋根にのぼりさえすれば、隙を見て中庭におり、母屋に忍びこむなど造作もあるまい」

七十郎はたたえる目で右馬進を見た。

「おそらく、いや、まちがいなくやつらはおぬしのいった通りの手をつかっている。やつら、きっとまた中庭がある店を狙うぞ。江戸にどれだけそういう店があるかわからんが、今度はそういう店に網を張っていれば、やつらをとらえられるかもしれん。右馬進、でかしたぞ」

右馬進ははにかむ笑顔を見せた。

二人は店の外に出た。

軒先で暑さを避けながら待っていた二人の中間が寄ってきた。右馬進には、作蔵《さくぞう》という男がついてきている。右馬進の父親にも仕えていたという古株で、右馬進の伯父といってもいいような歳だ。額にも目尻にも深いしわが通り、首筋のあたりにもしわがいくつか寄っている。

ただ、さすがによく鍛えているだけあって、引き締まった体軀《たいく》をしており、身ごなしも足取りも実に軽い。いかにも経験が豊富そうで、奉行所のことで知らないことなどなに一つないのでは、とさえ感じられる。

「作蔵どの」

七十郎が呼びかけると、作蔵はしわを深めるようにちんまりと笑った。

「稲葉の旦那、呼び捨てでけっこうですよ。どのづけなんてされちゃあ、こっちが照れちまう」

笑って七十郎はうなずいた。

「さすがに血筋かな、右馬進は目のつけどころがちがうな」

そういって右馬進のさっきの話をした。

「ほう、旦那がそんなことを」

作蔵は顔をほころばせて右馬進を見た。

「お手柄ですね」

「作蔵、まだつかまえたわけじゃない」

右馬進が穏やかな口調でたしなめる。

「へい、わかりやした」

作蔵はむしろうれしそうに腰をかがめた。

「それにしても、中川の旦那は自らひっとらえるおつもりのようですね。頼もしいですよ」

「初仕事でそんなにうまくゆくわけがなかろう。あくまでも、そういう気持ちでいるということにすぎぬ」

「いや、右馬進、照れなくてもいい。手柄はそういう心構えを持つ者にしかあげられぬものなのさ。それにおぬし、剣も相当遣うそうではないか。それだってきっと役に立つ。俺などまるで駄目だからな、うらやましい限りだ」

「しかし、それがしに捕物《とりもの》の経験はありませぬ。道場剣法がどこまで通用するものでしょうか」

「大丈夫だ。知り合いに剣の達人がいるが、その人ははじめてにもかかわらずいきなり賊を取り押さえたからな」

七十郎は、陽炎《かげろう》が幾筋も立ちのぼっている道の先を見た。

「右馬進、いったん番所に戻るか。寺崎さまに先ほどの話をしよう」

七十郎は右馬進と肩を並べて、数寄屋橋門《すきやばしもん》内にある南町奉行所に向かった。

大横川に沿った道を南にくだりはじめる。

潮を濃くはらんだ風を正面から受けながら、七十郎は首だけを振り向かせた。

「作蔵、今度の押しこみだが、以前、似たようなものはあったか」

作蔵が目を落とし、少し考えた。

「屋根から中庭を伝って入りこむ、というのははじめての気がしますね。舟をつかって移動し、しかも残虐な手口というのは、似たようなのはありましたが」

「どんなのだ」

「覚えているのは、もう十五年くらい前の連中ですかね」

七十郎は黙って耳を傾けた。右馬進も興味深げな眼差しを中間に当てている。

「五人組の賊でしてね」

その五人は富裕な商家ばかりでなく、商いがとても大きいとはいえない商家も襲った。家族、奉公人を皆殺しにするのは今度の賊と同じだが、ちがうのは若い女がいるとなると必ず手ごめにしたところで、金よりむしろ女を犯すことこそ、目的のようにさえ感じられた連中だった。

一度、北町奉行所の捕り手が、商家を襲ったばかりの五人を取り囲んだことがあったが、同心と小者、それぞれ一人ずつの死者をだし、さらに二人の同心、中間が深手を負わされて捕り手はあっけなく網を破られた。

遣い手ぞろいの五名の賊は、近くの堀割《ほりわり》につないであった舟に悠々と乗りこみ、闇のなかに消え去っていった。

奉行所内では、さすがにやつらもしばらくは動きをとめるかという憶測もなされたが、その十日後、五人組はまた別の商家を襲った。奪われた金は三十両そこそこだったが、またも家族、奉公人を容赦なく殺した。

そのときは南町奉行所の月番に変わっており、右馬進の父も当然のことながら、賊どもの探索をしていた。

ちょうど賊たちとの戦いで深手を負った同心が回復して、ようやく口をきけるようになった。その同心は、あの太刀筋は一度、ある道場で見たことがある、といった。

三年ほど前、友人の通う町道場へ見学に行ったとき、別の道場の者が何人も来ていて、一緒に稽古をしていた。友人の道場の師範がその道場の師範と気心の知れた友人という間柄であり、道場に新鮮な風を送りこむという意味で、交流が続いているとのことだったが、同心が目にした剣というのは、その道場に出向いてきていた者たちが遣っていた剣だった。

さっそくその道場への内偵がはじまり、常につるんで遊びまわっている若い五人組がいることがわかった。いずれも貧乏御家人《ごけにん》の部屋住で、幼い頃からの知り合いだった。

五人は高弟というわけではなかったが、その道場がもともと水準の高い道場で、よその道場に行けばいずれもかなりの席次まで行けるのでは、というほどの腕だった。

この五人でまちがいないだろうということになり、奉行所では五人に腕利きを貼りつけ、動きを見張らせた。

五人は飲み屋や女郎宿など、けっこう派手に遊んでいたが、別段、押しこみとしての動きは見せなかった。

しかし監視がはじまって十一日後、ついに動きだしたのだ。

その日の夕刻、深川材木町《ふかがわざいもくちょう》の一人の御家人屋敷にほかの四人が集まった。深夜、その屋敷裏の水路につながれた舟に五つの影が乗りこんだ。舟はなめらかに動きだし、仙《せん》台堀《だいぼり》を通って大川《おおかわ》に出た。

永代橋《えいたいばし》をくぐった舟はそこで右に折れ、霊岸島《れいがんじま》新堀に入った。堀の両側は、上方《かみがた》からやってきた酒樽をおさめる蔵が建ち並んでいる。

舟は、湊橋《みなとばし》をすぎてすぐのところにある河岸でとまった。すばやく舟をおりた五人は、人けのまったくない道を歩いて一軒の商家の前に立った。

そこは、上方の酒をもっぱらに売っている酒問屋だった。のちにわかったことだが、この店には小町と呼ばれる娘がおり、男たちの目的はこの娘だった。

うなずき合った五人は店の裏側にまわり、屋敷の忍び返しのある屋根を軽々と乗り越えた。

重い雨戸を障子でも扱うかのようにあっさりとはずし、なかにあがりこんだ。

これ以上、男たちの勝手にしておくわけにはいかなかった。陣笠《じんがさ》に野羽織、野袴という捕物時の衣服に身をかためた与力の命でいっせいに捕り手たちが集まり、御用提灯《ごようぢょうちん》や龕灯《がんどう》提灯を手に店に入りこんだ。

だが、ここでも捕り手たちは押されに押され、またも網を破られるのでは、という情勢におちいった。

その危機を救ったのが、右馬進の父親助之丞《すけのじょう》だった。助之丞は剣の達人で、五人を相手にしても一歩も引かなかった。

長脇差を手に、三人をものの見事に打ち据えて、たたきのめした。

二人に減った賊は、力と勢いを取り戻した他の捕り手によって取り押さえられた。

「旦那の剣の腕が立つのは、旦那の努力もありますが、血っていうのもやっぱり大きいんじゃないですかね」

作蔵が誇らしげにいう。

「助之丞さんは俺も存じているが、そんなに腕が立ったのか。知らなかったな」

「旦那は腕をひけらかすようなことはなかったですから。いつもにこにこと穏やかに笑っておられるお方でしたし」

そうだったな、といって七十郎は右馬進を見た。

「いつも笑みを絶やさず、しかも腕が立つなんて、右馬進、おぬし、親父《おやじ》さんにそっくりというわけだな」

「顔は似ておらぬと思いますが」

右馬進がいたずらっぽく笑う。助之丞は団子っ鼻だし、目も細く、唇も厚い。顔についている物すべてが、右馬進と正反対だ。

「右馬進は母親に似たのか」

「そうきいています。それがしが赤子の時分に亡くなったらしいんで、それがしも母の顔は覚えていないのですが」

「旦那は母上にそっくりでいらっしゃいますよ」

どこかはにかむような顔で作蔵がいった。

「とても美しく、心根もすばらしく優しいお方でした」

やや上を向いている作蔵の目は、風景を映じてはいない。目の前におりているのは、紛れもなく右馬進の母親の面影だ。

十

低いがよく通る読経の声が流れるなか、勘兵衛は正座し、目を閉じている。

西橋星之佑に殺された同僚の通夜が屋敷で行われている。

あと二人の通夜も今が真っ最中で、この読経が終わり次第、勘兵衛は駆けつけるつもりでいる。

屋敷のなかは悲しみで一杯だった。家人の誰もが涙を流し、嗚咽《おえつ》をこらえている。読経がはじまる前、妻と幼い娘は線香が濃く煙るなか棺桶の前で号泣していた。

蔵之介と弟を立て続けに失ったことがある勘兵衛には、そのどこにもぶつけようのない気持ちはわかりすぎるほどにわかる。

勘兵衛だけでなく、同僚たちも数多く集まっていた。

やがて読経が終わり、勘兵衛は、同じように次の屋敷にまわる喜太夫や弥三郎たちと一緒に道を急いだ。

糸のような月が消えた空は雲一つなく、まるで光る砂がちりばめられたかのような美しさだ。その降るような星明かりで、道を行くのに提灯を灯《とも》さずとも十分だった。いくつか流れ星があり、それが天に行った三人の流した涙のように勘兵衛には感じられた。

「でも、三軒とも近くてよかったですよね」

通夜が行われている三軒とも番町に屋敷があり、そのことを弥三郎が喜んだ。

「おい、弥三郎、そんなことをうれしがるんじゃない」

喜太夫がたしなめる。

「家族の気持ちも考えろ」

「はあ、申しわけございません」

「しかし、どうしてあんなことになったのか、わけをご存じですか」

勘兵衛は取りなすように喜太夫にきいた。

「久岡どのは耳にされてはおらぬのか」

文之進が意外そうにつぶやく。

「いじめがあったんですよ」

喜太夫が吐き捨てるようにいった。

「いじめですか」

そんなことがあったなど、勘兵衛はまったく知らなかった。

「ええ。それも、かなり陰湿なことをしていたようですね」

弁当を隠したり、先に食べてしまったり、刀をよその部屋に持っていったり、あるいは星之佑がそこにいないかのように無視したり、のけ者にしたり。

「では、それらが積もりに積もって西橋どのは……」

「そう、筒先がつまった鉄砲のように暴発してしまった、ということでしょう」

やるせなかった。大の大人がいじめなどすること自体、勘兵衛にはひどく情けなく思えたし、そんなくだらないことを理由に三人もの命が失われたことも。

喜太夫が苦い口調で続ける。

「死んだ三人、それに磯部どのも、つとめがおもしろくないのかどこかいらいらしていたところがあったらしく、そのはけ口をいじめに見いだしていたようなんですが」

「それがしもいらいらすることはあります。でも、その鬱屈《うっくつ》したものをいじめになど求めようなどとは思わないですよ」

「ふつうはそうなんですよね」

喜太夫が同意する。

「いじめなどではなく、もっとちがうことにはけ口を見つければよかったんでしょうが。……これを機に、いじめなどなくなればいいんですがね」

「きっとなくなりますよ」

勘兵衛は断言した。

「そうでしょうね。でも、人というのは愚かですから、それもいっときにすぎず、またいずれはじまってしまうんでしょう」

二軒目の屋敷にあがった勘兵衛たちは座敷で線香をあげ、遺族に悔やみをいって、その場をあとにした。

三軒目に向かう。

二軒目と同じことを線香の煙が漂う座敷で繰り返した勘兵衛が屋敷を引きあげようと玄関に出たとき、うしろから呼びとめられた。

振り返ると、式台《しきだい》の上に磯部里兵衛が立っていた。

勘兵衛と一緒にいた喜太夫や文之進が、いやなものでも見たかのように眉をひそめる。

勘兵衛はその表情に気がつかない顔で、里兵衛に向き直った。

「なにか」

「あの、ちょっと……」

里兵衛は、喜太夫たちを気にするそぶりを見せた。

「久岡どの、ここで失礼いたしますよ」

喜太夫がいい、ていねいに腰を折った。弥三郎、文之進も喜太夫にならった。三人は連れ立って、明々とした光を放つ提灯がつり下げられた門を出ていった。

ほっとした顔で里兵衛が下におりてきた。

「あの、久岡どの、お礼をしたいのです」

「いえ、そのようなお気づかいはけっこうですよ。それがしは当然のことをしたまでですから」

里兵衛は、困ったなというような顔で下を向いた。やがてあげた顔には決意がみなぎっていた。

「いえ、実はお話があるのです」

「とおっしゃいますと」

「あの、夜分、畏《おそ》れ入りますが、屋敷に来ていただけませぬか。そこでお話しします」

なんとなく面倒な話になりそうな気がして、気乗りしなかったが、こういわれて断れる性格ではない。

磯部屋敷はほんの一町ほどの距離でしかなかった。町としては表六番町《おもてろくばんちょう》になり、すぐそばに辻番所《つじばんしょ》がある。

勘兵衛は座敷に招き入れられた。向かいに里兵衛が正座をする。

里兵衛の妻がやってきて、手にしていた徳利と杯をうしろに置き、深く辞儀をした。

里兵衛が紹介する。

「多江《たえ》です。どうか、お見知り置きを」

「多江と申します。どうぞ、よろしくお願いいたします」

勘兵衛は名乗り返し、頭を下げた。

「このたびはありがとうございました」

多江が顔を伏せたままいう。

「ああ、そのことでしたら、ご主人のほうからもう十分に……」

「いえ、夫が受けた恩は妻の恩でもありますから」

多江がすっと顔をあげた。なかなかの美形だが、眉間《みけん》に寄った深いしわが癇性《かんしょう》なたちであるのを思わせる。少し荒れた唇が、かなり口うるさそうにも感じさせる。

もしや、と勘兵衛はちらりと思った。里兵衛がいじめに走ったのは、この妻とあるいは無関係でないのかもしれない。

「久岡さま、でもよくいらしてくれました」

多江が杯を差しだしてきた。

「いえ、けっこうです」

「せっかく足を運んでくださった客人をもてなさぬわけにはまいりませんから。久岡さま、わたくしに恥をかかせないでくださいませ」

にっこりと笑うようにいったが、目は真剣そのもので、勘兵衛は半ば強引に杯を持たされた。

多江が徳利を持ちあげた。どうぞ、といわれ、勘兵衛は仕方なく受けた。申しわけ程度に一杯だけ干し、里兵衛に顔を向けた。

「お話というのはなんでしょう」

里兵衛が遠慮がちな目を妻に向けた。多江は冷たい瞳で見返すようにしたが、一つ空《から》咳《せき》をすると、ではこれで失礼いたします、といって辞儀をした。

「久岡さま、どうぞ、ごゆっくりしていってくださいませ」

多江は襖をあけて、出ていった。

襖が閉まると同時に、ほう、と里兵衛は大きく息をついた。緊張していた背中が猫背気味になり、腹もやや出てきている。

勘兵衛の眼差しに気づいた里兵衛が情けなさそうに苦笑いをした。

「いや、とにかく気が強いものですから、なかなか気が安まらぬのです」

勘兵衛をまぶしそうに見る。

「久岡どのの奥方は、やさしい上に美人と評判らしいですね。うらやましい」

どう答えればいいか勘兵衛は困った。ところで、といった。

「いじめがあったというのは本当ですか」

里兵衛は気弱げに目を落とした。

「ええ、本当です」

病人のようなかすれた声をだす。

「多江にも叱《しか》られましたよ。しかし、まさかあんなことになるなんて思ってもいなかったんです……。しかし、正直申しあげて、それがしは西橋どのにたいしたことはしてないのですよ。殺された三人とは仲がよかったのですが、それがしは三人のすることをただ眺めていただけのことが多かったんです」

「そうですか」

その言葉通りなら、星之佑があれだけ殺したがるはずがないという気が勘兵衛にはしてならない。

「信用されていないようですが、久岡どの、本当なんです。それがしは人をいじめるなんてそんなことはとても……」

里兵衛は悲しみに打ちひしがれたようにうつむいた。

とにかく、と勘兵衛は思った。里兵衛本人には、殺されるような仕打ちを星之佑にした覚えはないという思いが強いのだろう。

「わかりました」

勘兵衛は顔をあげさせた。

「話というのは」

里兵衛が深いうなずきを見せる。

「ええ、実はそれがし、ここしばらくどうも妙な目を感じてならないのです」

「妙な目ですか。どういうことです」

「いえ、それがしにもなにがなんだかわからぬのです。誰がそれがしを見つめているのか……」

里兵衛はがばと畳に手をつくようにした。

「久岡どのの腕を見こんで、お頼みしたいことがあるのです」

若干の間を置く。

「もし殿中で一緒にいるとき、それがしが目を感じたら、誰から発せられているものか、是非捜し当てていただきたいのです」

「城内でもその目を感じるのですか。詰所でも同じですか」

「いえ、これまで御城のなかで感じたことはないのです。でも、いずれという気がしてならないものですから」

「そこまでいわれるということは、なにか危険を感じさせる眼差しなのですか」

「正直申しあげて、その通りです。もしかすると、命の危険まであるのでは、とそれがしは思っております」

「命の危険ですか。そのような心当たりがあるのですか」

里兵衛はぶるぶると馬のように首を振った。

「いえ、まるでありませぬ」

確かにこうして対してみると、どことなく小ずるいところは感じさせるが、小心者であるのはまちがいない。誰かにうらみを買うような人物とは思えない。

「その眼差しですが、いつ頃から感じはじめたのです」

「そうですね」

里兵衛は考えこみ、指先で唇を叩く仕草をした。

「かれこれ半月ほど前でしょうか」

「眼差しに気づいてそちらを見ても、誰もいないということですね」

「その通りです」

「これまでどのような場所で、眼差しを感じたのです」

「御城を下がったときが多いですね。特に、なじみの料亭で飲んでいるときでしょうか」

「料亭といわれますと」

「麴町《こうじまち》八丁目にある宮富士《みやふじ》という店です。代はそれなりですが、とても落ち着ける店で、贔屓《ひいき》にしているのです」

「飲んでいるその座敷で眼差しを感じるのですか」

「いえ、厠に行ったときなどですね。一度、手水場で手を洗っているとき、暗がりからじっと見られている感じがしまして、はっと目をやると、二人の男が立っていました」

「二人の男ですか」

勘兵衛の脳裏には、楽松の手水場でいやな気配を漂わせていた二人の男のことが戻ってきている。

「あの、なにか心当たりでも」

案じ顔で里兵衛がきいてきた。

「いえ」

勘兵衛は微笑を返した。

「その二人に会ったのは、一度きりですか」

「はい」

「どのような人相でしたか」

「顔はまったく見えませんでしたが、二本差だったことから侍であるのは紛れもありませぬ。二人ともやせており、いかにも身ごなしが軽い感じがしました」

どうやら、あのときの二人でまちがいなさそうだ。勘兵衛としても、なぜあの二人が書院番を探るようにしているのか、知りたいという気持ちが頭をもたげてきた。

「わかりました。どの程度やれるかわかりませぬが、磯部どのの身辺にできるだけ注意を払ってみます」

十一

「久岡どの、西橋どのにどのような仕置《しおき》がくだされることになるか、ご存じですか」

翌日、出仕した勘兵衛が控え室の刀架に刀を置こうとしたとき、うしろから弥三郎に問われた。

「いえ、存じませぬが」

勘兵衛は答え、弥三郎を見返した。

「萩原どのはご存じなのですか」

「いえ。久岡どのは、徒目付頭と親しくされているように見えたものですから、なにかご存じなのでは、ときいてみたのです」

連れ立って詰所に行った。

二日前の惨劇以来、詰所に来るのははじめてだったが、畳や襖はすべて新しいものに替えられ、三人もの命が奪われた痕跡《こんせき》はすでにどこにも見当たらなかった。

詰所内はざわざわとして、ふだんの落ち着きはまったく見られない。ここでも星之佑にどういう仕置がくだされるか、その話題で持ちきりだった。

斬首《ざんしゅ》か切腹か。家は取り潰しか。

正座し、目を閉じている勘兵衛の耳に飛びこんでくるささやきの大半は、切腹、取り潰し以外考えられぬのでは、というものだった。

勘兵衛としても、いくらいじめという理由があったとはいえ、三人もの命を奪っては、最も重い仕置は避けがたいものに感じた。

同僚たちの話は、殺された三人のことにも及んでいる。

「三人とも抜き合わせておらぬからな」

「その通りだ。果たしてどうなるものか」

抜き合わせていない。これは侍としての不覚悟をあらわしており、武家としてあるまじきこととされる。ただ、場所がこの詰所だけに刀を持とうにも持てなかったという事情があり、そのあたりのことがあるいは考慮されるかもしれぬ、という意見もきこえてきた。

「とにかく、なんらかの処罰があるのは確実であろうな」

「となると、減知ですかな」

「そういうことになるであろう。それに加え、いじめがあったという事実も軽くはないであろうからな」

「では、磯部どのにもなんらかの仕置が下されるということですか」

「そうではないかな」

今日、磯部里兵衛は来ていない。あのような頼みごとをしてきたにもかかわらず、病という届けが組頭に提出されていることを勘兵衛は、先ほど弥三郎からきかされた。

今日は、特にときがたつのがおそく感じられた。半刻が一刻（二時間）以上に思え、つとめを終える頃には、勘兵衛はぐったりと疲れ果てていた。

重い気分で城を出て、帰途についた。

刻限は八つ（午後二時）すぎ。うしろに供が八人ついている。この八人は勘兵衛のつとめが終わるまで、ずっと外で待っていた。

六月も今日で終わりで明日から暦の上では秋ということになっても、真上から強烈に放たれる陽射しは秋など当分やってこないことを、勘兵衛に思い知らせている。

汗をかきかき屋敷に着き、蔵之丞に帰宅の挨拶をした。

「勘兵衛、善右衛門《ぜんえもん》どのから使いが来たぞ。帰り次第、屋敷のほうに来てほしいとのことだ」

「兄上から。わかりました。すぐにまいります」

勘兵衛は手ばやく着替え、滝蔵と重吉の二人を連れて門を出た。

道を西へ一町半ほど進み、成瀬小路《なるせこうじ》を左に折れる。左手は尾張徳川《おわりとくがわ》家の家老成瀬家の塀が延々と続いている。一町ほどの長さを持つ小路を半分ばかり行った右側に古谷家の門があり、門衛の二人が立っていた。

勘兵衛は用件を伝えた。

すぐに古谷家で用人をつとめる惣七《そうしち》が顔を見せた。

「これは勘兵衛さま、よくいらっしゃいました」

「兄上から使いをもらってな。惣七、元気そうだな」

「おかげさまで、ありがとうございます。殿よりお話はうかがっております。どうぞ、こちらへ」

惣七に案内されて勘兵衛は庭を歩いた。そんなに久しぶりに来たわけではないが、なぜか庭のたたずまいなどがとても懐かしく感じられた。

そうか、と気づいた。夏という季節に関係があるのだ。この庭でかくれんぼをしたり、厳しく禁じられていた木のぼりをしたり、池に落ちて危うくおぼれそうになったり。日が長いこともあって、勘兵衛の子供の頃の思い出は夏に集中しているのだ。

玄関に入る。ひんやりとした風がゆったりと流れてゆくのを感じ、勘兵衛はほっとしたものを覚えた。

「ここで待っていてくれ」

供の二人にいい置いて、勘兵衛は式台にあがった。

惣七に先導されて歩き慣れた廊下を進み、兄の部屋の前で立ちどまる。

惣七が、殿、と呼びかける。

「勘兵衛さまがお見えになりました」

「入ってもらってくれ」

なかから穏やかな声で応《いら》えがあった。

惣七が障子をあける。勘兵衛は敷居際で挨拶をしてから、座敷に足を踏み入れた。

「暑いところをすまなかったな」

兄がねぎらいの言葉をかけてきた。

「いえ」

勘兵衛は善右衛門の前に正座した。

「お多喜は元気にしているか」

しみじみと弟の顔を見てから、兄がきく。

「それはもう。樽がさらにひとまわり大きくなったような気がします」

兄は快活な笑いを見せた。

「久岡家に昔からいたような顔で仕事に励んでおるのであろう。張りきりぶりが目に浮かぶようだな。その力のもとは、勘兵衛、おぬしだがな。移ってもらってよかったよ」

「兄上もお元気そうでなによりです」

四十だが、歳よりも若く見える。血色もいいし、黒々とした瞳にも力がある。

「いや、それがそうでもないんだ」

「どうかされたのですか」

「そんな心配をされるようなことではないんだ。お多喜がいなくなって、うまい漬物が食えなくなった、ただそれだけのことだ」

「義姉上《あねうえ》の漬物では駄目なのですか。お多喜が移ってきた直後、奥さまにはすべてを伝授させていただきました、と豪語しておりましたが」

「前よりも腕はあがっているし、お久仁《くに》も他家ならきっとたいしたものであろう。しかし、どこがどうちがうのかわからぬが、お多喜の漬物にくらべると、若干、物足りない気がせぬでもない」

「そうですか……」

「お多喜を戻せなどとはいわぬ。お多喜もおぬしのそばにおらぬと、どうも元気がないからな。戻ってきて、寝こまれてはかなわぬ」

「ところで、義姉上は」

「今、ちょっと出ておる。妹が夏風邪をひいたらしく、看病を兼ねた見舞いだ」

「彦太郎《ひこたろう》を連れてですか」

「ああ。大事な跡取りゆえ行かせたくはなかったが、お久仁が妹が寝ている部屋には入れぬといったのでな」

兄は苦笑を漏らした。

「どうも彦太郎はお久仁ばかりで困る。俺にはあまりなつかんな。勘兵衛、俺は堅苦しすぎるかな」

勘兵衛は内心のおかしさを嚙み殺した。謹厳さで鳴らす兄がこんなことをいうとは、まさか思わなかった。

「しかし、彦太郎はまだ三歳ですよね。そのくらいの子が、父親に甘えてばかりいるというのも怖い気がいたします。今は義姉上にまかせておけばよろしいのではないですか」

「そういうものかな」

ふっと表情をゆるめた善右衛門が姿勢をあらためた。

「今日、来てもらったのはある男がおぬしを呼んでほしい、といったからだ」

「どなたです」

勘兵衛は左手の襖に目を向けた。向こう側に人が立った気配を感じている。

「当ててみせましょうか。飯沼さんですね」

からりと襖があいた。

「さすがだな」

部屋に入ってきた麟蔵はまるで古谷家の者のような顔をして、善右衛門の横に座った。

麟蔵は頰に笑みをたたえている。

「なにをそんなに警戒しておる」

「いえ、飯沼さんにお会いして、警戒せぬ者などおらぬと思いますが」

「はっきりいうではないか。そんなに徒目付というのは評判が悪いか」

「徒目付と申しますより……」

「俺の評判が悪いか」

麟蔵はぎろりと目を光らせた。善右衛門がつかっていない脇息《きようそく》を横に持ってきて、体をもたれさせる。

「徒目付頭の評判がよくなったら、それは仕事の質が落ちてきたことにほかならぬからな。むしろ悪名が高まったほうがいいんだ。それにしても勘兵衛、ずいぶん疲れた顔をしているよな」

「いえ、そんなことはないと思いますが」

「強がるな。つとめがきついのであろう。この前のような騒ぎは別として、おぬしは平穏を望むたちではないからな」

気持ちを見透かされた気がした。

「今日は」

麟蔵はにたりと笑った。

「相変わらず正直な男だな。まず、西橋星之佑の仕置の中身を教えておこう」

星之佑は切腹、禄は五分が四を取りあげることになった、と麟蔵はいった。

「では、家は存続するのですね」

「ああ。いずれ家督はせがれの純之佑《じゅんのすけ》が継ぐことになろう」

「それにしても……」

「存続とは意外か」

そのあたりの理由を麟蔵が説明する。

「三人もの男を殺した割に仕置がゆるいのは、星之佑が乱心した上での所行と認められたからだ。ほかにどんな理由があろうとも、乱心として処理し、罪をできるだけ軽いものにするのは以前からの慣例だ。おぬしも旗本の一人なら、よく知っているだろう」

その通りだ。殿中などで刃傷沙汰《にんじようざた》が起きたとき、乱心として旗本家の温存をはかるのは、昔からつかわれてきた手だ。

「殺された三人の家はどうなるのです」

「どうやら、四分が一から五分が一を取りあげられることになりそうだ。当主を失った上にこれだから、まさに踏んだり蹴ったりということになるが、脇差すら抜かずに一方的に斬られたというのは武家としてあるまじき行為、ということだな」

諸式があがり、暮らしが苦しくなっているときの減石だ。暇をだされる奉公人も出てくるにちがいない。

「磯部里兵衛どのはどうなるのです」

「あの男はかまいなしだ。おぬしに助けられたのが幸いだったということだな」

麟蔵は軽いうなずきを見せた。

「もし勘兵衛の働きがなかったら、磯部里兵衛はこの世におらず、磯部家も減石の憂き目に遭っていたはずだ。ふむ、それにしても、本当に疲れているみたいだな。もしまとまった休みがほしかったら、遠慮なくいえ。俺から密命を与えてやる」

「密命ですか」

麟蔵が勘兵衛の腕を見こんでいるのは知っている。これまでも何度か探索に駆りだされたし、そのために強敵と剣をかわす羽目にもなった。もし休みがほしくて麟蔵に頼むような真似《まね》をしたら、本当に密命を与えられるような気がした。それはひどく怖いものに感じられたが、逆にひじょうにやりがいがありそうにも思えた。

不意に麟蔵が瞳を鋭くした。

「おぬし、昨日、磯部に頼まれたことがあるだろう」

どうやらこれが本題だろう。

「なぜそれを。磯部どのが話したのですか」

「惨劇のあと事情をきいたとき、やつは誰かに見られていることを口にしたのだが、俺はどうせ勘ちがいだろう、とまともに取りあげなかった。ただ、それがどうにもあやまちだったように思えて、今日あの男を訪ねたら、おぬしに話したことをきかされたのさ」

麟蔵がじっと見つめてきた。勘兵衛は体がかたくなるのを感じた。

「磯部は、おぬしも同じような二人組に出会っているのでは、という感触を持ったらしいが、おい勘兵衛、そのあたりはどうなんだ」

勘兵衛は正直にいうべきか迷った。嘘《うそ》をつくようなことでもなかったし、嘘をついたところで見抜かれるのははっきりしていた。

「その通りです」

勘兵衛は楽松でのできごとを告げた。

麟蔵は苦笑を浮かべた。

「あの男に見抜かれるなど、おぬし、本当に正直すぎるぞ。もっとも、それがいいところでもあるのだけどな。見覚えのない二人なんだな」

「まちがいなくはじめての二人です」

麟蔵が考えこむ。

「やつは、明日はつとめに出るといっておったぞ。もともと仮病みたいなものだから、当たり前といえば当たり前だが」

話をそらすように、まるで関係のないことを口にした。

「しかしなにゆえ飯沼さんはそのようなことに興味を持たれるのです」

「さかのぼれば、九ヶ月ばかり前のことなんだが」

そこで気づいたように言葉をとめた。

「いや、今日はここまでにしておこう。勘兵衛、時期がきたら、必ず話す。それまで待っておれ」

勘兵衛をじっと見つめる。

「おぬしなら、いわずとも大丈夫だろうが、ただし、身辺には常に気を配るようにしていろ。油断をするな」

「どういうことです。そこまでいわれて、残りはお預けですか」

「不満か」

「当然です」

「だから気をゆるめることがなければ、おぬしなら大丈夫だ。安心しろ」

「そういわれましても……」

「ここまでだ」

麟蔵は有無をいわさぬ口調でいい、その勢いで立ちあがった。

第二章

一

ふう、と横にいる右馬進が胸を上下させるように大きく息をついた。

七十郎は、大丈夫だとばかりに軽く肩を叩いた。

右馬進は緊張しきった顔を向けてきた。唇が乾いてかさかさだ。

七十郎は、気楽にいこう、と声をかけたかったが、そんなことをいったところで気持ちが楽になるはずがないのは自らの経験でもわかっており、ただ、案ずるなとばかりに深くうなずいてみせた。

七十郎は目を移し、通りをはさんで建つ一軒の家を見つめた。

家は、星が明るく輝く空を背景に黒々とした輪郭を浮かびあがらせている。大きな扁《へん》額《がく》が、雨戸のがっちりと閉まっている家の中央に掲げられていた。それには、朝倉屋《あさくらや》と記されている。

家の横には『封邪丸《ふうじゃがん》』と書かれた縦長の看板が、道の上に張りだすように取りつけられていた。封邪丸は風邪薬ということだが、それが売られている場面を目にしたことがある町内の者は一人としていない。

どころか、店があいているのを近所の者たちはほとんど見かけたことがない。

場所は深川大島町《ふかがわおおしまちょう》。大島川をはさんで、対岸には忍《おし》を中心に十万石を領する松平《まつだいら》家の中屋敷がある。すぐ近くが海ということもあり、涼しい風に乗って濃い潮の匂《にお》いがあたりに満ちている。

七十郎は背後を見た。

せまい小路に二十人を超える捕り手がひしめき合っている。いずれもこれからはじまる捕物に殺気立った表情を隠せずにいる。

朝倉屋の両側にも捕り手はまわっており、裏に当たる大島川にも捕り手を乗せた舟が何艘《そう》か浮かんでいる。

まさに盤石の態勢で、七十郎たちは朝倉屋を囲んでいた。

どこからか鐘の音が響いてきた。三つの捨て鐘のあと、九つ鳴らされた。

刻限だった。

「俺のそばを離れるなよ」

七十郎は右馬進にささやきかけた。右馬進は闇《やみ》のなかでも蒼白さが見えている顔を、がくがくと上下させた。

鎖帷子《くさりかたびら》を着て、股引《ももひき》、半切れ胴衣をまとい、白の胴締《どうじめ》に襷《たすき》、鉢巻といった出で立ちをしている右馬進はこういう格好をするのははじめてのはずなのに、なかなかさまになっており、凛々《りり》しく見える。

七十郎たちはすばやい足の運びで小路を出て、朝倉屋の前に立った。

貞蔵が一歩進み出て、雨戸をどんどんと叩く。

「御用である。すみやかにここをあけい」

朗々たる声でいった。

返事はなく、家は静かなままだ。

貞蔵は同じ言葉を繰り返し、戸を再び叩いた。

家は沈黙を守っている。貞蔵が振り返り、上役の寺崎左久馬を見た。

「やれ」

うしろに槍《やり》持ちを控えさせた与力がさっと手を振った。

城の大手門《おおてもん》を破るような丸太が持ってこられた。丸太には三本の綱が結わえられ、その両側を六名の中間が持っている。

丸太がかけ声とともに突きだされ、大戸に叩きつけられた。二度、三度と続けられ、四度目で戸が轟音《ごうおん》とともに向こう側に倒れた。

十手を振りあげた貞蔵が一番乗りだった。そのあとを中間が続く。

「行くぞ」

右馬進に叫ぶようにいって、七十郎は店に飛びこんだ。

なかは真っ暗だ。清吉が持つ龕灯提灯の光が横に走り、照らしだしてゆく。

けっこう広いが、なかは無愛想なくらいなにもなかった。箪笥《たんす》や行灯《あんどん》、たばこ盆なども見当たらず、売り物の封邪丸を入れておく棚すらも見えない。

土間から床にあがりこみ、奥へ進んだ。人の気配は感じられない。

「本当にやつら、いるんですかね」

清吉が七十郎を振り向いて、きく。

「とっくに逃げだしたんじゃないですか」

七十郎もそんな気がしてならない。

悪党というのは雛《ひな》を守る親鳥のように自らの危機に敏感で、ときに信じがたい勘を働かせて、隠れ家をあっという間に離れてしまうことがある。

二階にあがった。八畳間の部屋が二つあったが、こちらも見事なほどなにもなく、人が暮らしている匂いがしない。

捕り手は二十名ほどがなかに入り、残りの三十名ばかりは猫一匹すら逃げだせないよう周囲をがっちりとかためている。

七十郎たちはなかをくまなく捜し、扉に錠のかかっていない裏の土蔵ものぞいたが、一人の賊さえも見つけだすことはできなかった。

「やっぱりずらかりやがったか」

腕をかたく組んだ貞蔵が悔しげに唇を噛み締めている。

「稲葉さん」

右馬進が呼びかけてきた。

「こういう店というのは、火事に備えて床下に穴蔵が設けてありますよね」

七十郎ははっとした。

その通りだ。大切な品物を守るために、たいていの店ではそういうものがこしらえられている。火事が起きたらすぐさま品物を運び入れ、厚い蓋《ふた》をしてその上に土をかけるのだ。

七十郎たちは店先に戻った。

「穴蔵があるとしたらここだな」

土間からそんなに離れていない、畳を貞蔵が指さした。

十手を帯に差しこんだ七十郎は畳を探り、指が引っかかるところを捜した。あった。七十郎は貞蔵と右馬進にうなずきかけた。一気に畳を持ちあげる。

清吉の龕灯提灯が当てられた場所に、床板とは明らかにちがう、厚手の板が張られている。

七十郎はその板に手をかけた。

「七十郎、気をつけろ」

貞蔵がささやくようにいった。

腕に力をこめた七十郎がめくりあげようとしたとき、板が勝手に浮きあがった。

七十郎はうしろに跳ね飛ばされた。

城壁を乗り越える雑兵《ぞうひょう》のような勢いで影が次々に姿をあらわした。

「いたぞ、こっちだ」

貞蔵が大声をあげる。

飛びだしてきた影は五つ。いずれも匕首や脇差を手にしている。

七十郎は立ちあがり、十手を帯から抜き取った。黒々とした影が突っこんできた。匕首が龕灯提灯の光をぎらりと跳ね返す。

七十郎は十手を振りおろし、匕首を叩き落としたが、賊は鼠《ねずみ》のようなすばしこさで、七十郎のうしろにまわった。

七十郎はその賊を追おうとしたが、別の影が横から近づいてくるのに気がついた。

七十郎は脇差はかろうじて払いのけたが、賊はかまわず体ごと突進してきた。脇腹にぶち当たり、七十郎は畳に転がった。

あわてて上体を起こしたが、今度は顔を蹴《け》られた。壁にうしろ頭をぶつけ、七十郎は気が遠くなりかけた。

「旦那、大丈夫ですか」

清吉が介抱してくれた。

あたりには続々と捕り手たちが集まってきて、わめき声や悲鳴、剣戟《けんげき》の音、体がぶつかり合う音がいりまじり、嵐に見舞われたような騒がしさだ。

七十郎は清吉の手を借りて、ふらふらと立ちあがった。

横から声がし、七十郎ははっとしてそちらに目を向けた。

「危ないっ」

賊が突っこんできている。脇差が振りおろされた。七十郎は十手をあげようとしたが、もはや間に合わない。

あいだに割りこむように飛びこんできた一つの影が瞳に映った。がきん、と音がして脇差が視野から消えた。

右馬進だった。十手で打ち払ってくれたのだ。

七十郎はその間にしゃんとした。

右馬進が猛烈な勢いで賊の一人に突進してゆく。横に振られた脇差をあっけなくかわし、十手で額を打ち据えた。

額を割られた賊は、膝から畳の上にくずおれてゆく。中間や小者たちが躍りかかって、がんじがらめにするように縄を打った。

右馬進は立ちどまっていなかった。すぐさま次の賊のもとへ向かった。

貞蔵が、匕首を手に縦横に動きまわる男を相手に苦戦していた。

俺が相手になるとばかりに右馬進は足を進ませ、声をかけて賊の注意を自分に向けさせた。

賊が匕首を構えて突っこんできたところを、猪《いのしし》でもよけるようにひらりと身をかわし、十手で首筋を思い切り打った。

賊は壁に頭から突っこみ、気を失った。そこをまた中間や小者が一気に縛りあげた。

右馬進に負けていられなかった。七十郎も新たな賊を求めて、外に出た。

残りの賊は大島川のほうに逃れたようで、捕り手たちの、御用という声が裏手から響いてきている。

三人の賊は暴れまわっていた。いずれも長脇差を手にしており、刺又《さすまた》や突棒《つくぼう》、袖搦《そでがらみ》を持っている捕り手たちは、なんとか取り押さえようとするが、相手の動きのはやさについてゆけずにいる。すでに五、六名の中間、小者が長脇差の餌食《えじき》にされたようで、腕や肩、太ももから血を流しつつうしろに下がっている。

七十郎は前に出た。清吉がうしろについてきている。

今、捕り手たちは三名を小路の隅に追いこもうとしていた。むろん、その意図を賊どもは知っていて、そうはさせじと大通りのほうになんとか出ようと試みている。

七十郎は、体のなかに戦意のかたまりがあるのがわかった。それが焼け石のようになっており、その熱が全身をめぐって血を波立たせている。今なら、どんな相手でも叩きのめせる気がしてならない。

七十郎は十手を振りあげ、三人の賊に向かって駆けだした。

「旦那っ」

清吉が悲鳴を発するように叫んだ。

七十郎は間合に入れた賊の頭めがけて、十手を振りおろした。

がつ、という手応《てごた》えとともに賊がのけぞって視界から消え去るはずだったが、十手はあっけなく長脇差に受けられた。

横から賊が長脇差を突きだす。七十郎はうしろに飛びすさってかわし、その男に十手を見舞った。

またも受けられた。きんと軽い音を残した十手は腕から飛んでいってしまいそうな勢いだ。七十郎は力をこめて、なんとか手の内におさめた。

そこを賊が襲いかかってきた。三人一緒だ。七十郎を人質に、この場を逃れる手立てにしようと腹をかためたのだろう。

七十郎は先頭の男に十手を浴びせた。それも軽々と受けられ、次の男が長脇差を突きだしてきた。

七十郎は十手でかろうじて打ち落としたが、左にまわった三人目が振りおろした長脇差には気がつかなかった。

「旦那」

清吉が叫んで身を投げだそうとする。

その前に長脇差は別の十手に受けとめられて、七十郎の体には届かなかった。

またも右馬進だった。

右馬進は七十郎をかばうように前へ出ると、目にもとまらぬ早業《はやわざ》で十手を振った。

一人が力士にでも張り飛ばされたように吹っ飛んで、隣家の壁に背中をぶつけた。がくりと首を落とし、そのまま気を失った。

次の一撃で、もう一人が顔を叩かれ、さらに肩を打ち据えられて、足の骨を抜かれでもしたように地面に崩れ落ちた。この男も気絶しており、ぴくりとも動かない。

最後に残ったのはどうやら首領だった。長脇差を構え、右馬進と対峙している。はあはあと荒い息を吐き、肩を上下させているのは、明らかに右馬進に気圧《けお》されているからだ。

「得物《えもの》を捨てろ」

強い口調で右馬進が命じる。

男は拒否の合図にぺっと唾《つば》を吐き、突進してきた。

右馬進は振るわれた長脇差を避けることもせず、わずかに頭を低くしながら一歩踏みだすと、男の腹に十手を叩きつけた。

腰を折り、ひざまずきかけたが男は立ち直り、もう一度右馬進に襲いかかろうとした。

右馬進は半歩だけ動いて、袈裟に振られた長脇差をかわした。男はそれだけで右馬進を見失ったようだ。

右馬進が十手を振りおろす。びしりと鋭い音がした。蛙が潰れたような声をだして、首筋を押さえた男が地面に這いつくばった。

間髪を容れずに中間の作蔵が飛びかかり、縄を打った。

七十郎は、右馬進の一連の動きにただ見とれていた。

「旦那、大丈夫ですか」

清吉が声をかけてきた。

「ああ、大丈夫だ」

がちがちに縛りあげられた三人の賊が立ちあがらされ、引っ立てられるのを見送った七十郎は右馬進に近づいた。

「すごいな、おぬし」

右馬進ははっとしたように七十郎のほうを見た。

「ああ、稲葉さん」

「なんだ、自分がなにをしたか覚えておらぬのか」

「ああ、いえ、そういうわけではないのですが。……なにか自分の知らぬ誰かが体のなかで暴れだしたみたいな感じがして、戸惑っているだけです」

「いや、しかしおぬしのおかげで二度も救われた。おぬしがいなかったら、俺は今頃……。ありがとう。礼をいう」

七十郎は苦笑を浮かべた。

「おぬしに、そばを離れるなよ、なんてえらそうにいった自分が恥ずかしい」

「いえ、でも稲葉さんの戦いぶりに励まされて、ここまでやれたのはまちがいないのです。礼をいうのはそれがしのほうです」

「とにかくだ」

貞蔵があいだに入った。

「右馬進が無事初陣を飾れたのはすばらしいことだ。右馬進の働きで、死人をだすこともなく獰猛なやつらをとらえることができた。まずはめでたし、めでたしだ」

寺崎左久馬がそばに来た。

「その通りだ。よし、引きあげよう」

左久馬の合図で七十郎たちは暗い道を歩きはじめた。いつの間にか、騒ぎをききつけた近所の者たちが集まっていた。

「ほら、みんな、終わりだ。とっとと帰ってはやく寝ろ。明日に差《さ》し支《つか》えるぞ」

貞蔵が大声をあげて、手を振った。

それにうながされるように野次馬たちは家に戻りはじめた。

そのなかに、七十郎は一人のばあさんを見つけた。

そのばあさんに歩み寄り、礼をいう。

「いえ、そんなあらたまっていわれるほどのことはしちゃいませんよ」

ばあさんは、おほほほ、と明るい笑い声をあげた。

「お百度は続けているのかい」

「もちろんですよ」

押しこみの賊どもがこの店にひそんでいるのがわかったのは、このばあさんの言葉がきっかけだった。

賊が舟で動きまわっているのは確実なので、七十郎たちは深川界隈《かいわい》に重きを置いて調べまわっていたのだが、今日の昼すぎ、このばあさんを見つけ、賊につながると思える手がかりをついに手にしたのだ。

春野屋への押しこみのあった日の晩、あと二刻ほどで夜が明ける頃、敷地内の稲荷《いなり》でお百度を踏んでいたとき、なにか重い物を落としたような水音をきいた、といったのだ。朝倉屋の隣に住むこのばあさんはそのときさして気にもとめなかったが、翌日の深夜、またお百度を踏んでいるとき、ひそめた人声を大島川のほうで耳にしたように思い、昨夜のこともあって、裏から大島川のほうへ顔をのぞかせてみた。

そのとき、隣家の船着場から男たちが身を乗りだして川からなにか重たそうな物を引きあげているらしいのを目にしたのだ。

ただし、深い闇のなかでのことでもあって、男たちがなにを引きあげているのかはわからなかった。

そのことをききこんだ七十郎たちは、千両箱ではないか、という結論に達した。

朝倉屋が怪しいということになり、まわりのききこみをはじめた。

風邪薬の看板を掲げてはいるが、それが名目だけなのがはっきりし、さらに町役人たちにきくと、朝倉屋に住んでいるのは五十すぎの兵造《へいぞう》という男一人のはずだが、ときおりあまり見たことのない男たちが出入りしているのを見かけることがあったという。

兵造はここ一年、体の不調を訴えており、薬売りもほとんどやめていた。外出も滅多にせず、近所の者とのつき合いもなくなり、いつしか町の者たちから忘れ去られたようになっていた。

おそらく、この兵造が首領だろう。

隣家のばあさんが毎晩お百度を踏んでいたのは、仲のいい姉の病気平癒《へいゆ》を願ってのことだった。しかし、自身、足がいいとはいえないために霊験《れいげん》あらたかな由緒ある神社に行くことができず、最も近い場所ですませていたことが兵造たちの運の尽きとなった。

しかも、兵造たちが春野屋に押しこんだ晩は、ばあさんがお百度をはじめてまだ三日目にすぎなかった。

だが、兵造たちの最大のしくじりは、千両箱を大島川に落としてしまったことだ。そのときに、それまでのつきを川に流してしまったのだろう。

二

（さかのぼれば九ヶ月か……）

勘兵衛は考えながら、城への道を歩いている。その頃、いったいなにがあったのか。

思い起こせることは一つとしてない。身のまわりは平穏そのものだったと断言できる。

昨日、麟蔵が帰っていったあと、兄にもただしたが、善右衛門もなにも知らなかった。

麟蔵からなにかきかされていてとぼけたというのではなく、明らかになにも知らなかった。

「麟蔵がいう通り、勘兵衛、身辺に注意しろよ」

ただし、厳しくいわれた。

「なにしろ、おぬしはこれまでいろいろと騒ぎを起こしてきているからな」

確かにいろいろあったのは事実だが、それは勘兵衛が望んで起こしたものではない。巻きこまれたにすぎない。

ただ、そのことは兄も熟知していっているのがわかったから、勘兵衛はあえて反論することなく善右衛門の前を下がった。

月が変わった今日七月一日、勘兵衛は朝番だった。朝番は八つ（午前二時）までに詰所に入っていなければならない。

控え室に刀と弁当を置き、詰所のいつもの場所に正座した。

ふだんならここで目をつむり、ときがたつのをじっと待つのだが、今日は座敷の隅々にまで視線を走らせて、磯部里兵衛の姿を捜した。

見当たらない。どうやら来ていないようだ。

麟蔵が、明日は来る、といっていたが、気が変わったのだろうか。それとも、なにかあったのか。

昼休みになり、組頭のもとへ行って、里兵衛のことをきいてみた。

「いや、今日は来るとの話になっておるのだ。わしも磯部が休んだわけを知らぬ」

組頭は佐々木隆右衛門《ささきりゅうえもん》といい、三千石の大身《たいしん》だ。筋骨隆々とした長身で、若い頃は道場で相当鳴らしたとの噂もある。顎ががっしりとしてえらが張り、目が鷹《たか》のように鋭い顔は向き合う者をひれ伏させてしまう威圧感がある。

やや顔を寄せるようにして、しげしげと勘兵衛を見た。探るような色が瞳にある。

「久岡、磯部の心配か。おぬし、磯部とそんなに親しかったか」

「いえ、そういうわけではないのですが」

「なにか気がかりでもあるのか」

眼差しのことをいうべきか迷った。すでに麟蔵が知っていることをここで組頭に話すことはあるまい、と勘兵衛は判断した。

「いえ」

組頭の前を下がった勘兵衛は里兵衛と親しい者を捜し、話をきいてみようとしたが、殺された三人以外、里兵衛とつき合いがある者は同僚のなかにはいない様子だった。

胸騒ぎがしてならない。やはりなにかあったのではないか。

つとめを終えてから勘兵衛は急ぎ足で道を行き、里兵衛の屋敷に寄った。

磯部屋敷はざわついていた。門は大きくひらいており、人の出入りが激しい。なにかあったのはまちがいなく、里兵衛の家臣らしい男をつかまえて、勘兵衛は事情をきいてみた。

「あの、どちらさまでしょう」

供を八名連れた勘兵衛を大身の旗本であると認めつつ、だが、こんなときに声などかけないでくれ、といった表情が男には見えている。

勘兵衛は名乗り、里兵衛と同僚であることを告げた。

「これはたいへん失礼いたしました」

男は深く腰を折った。

「いったいどうされたのかな」

里兵衛の行方が、昨日の夕刻からわからなくなっているとのことだった。

胸騒ぎは当たってしまった。

「くわしく教えてもらえるか」

「昨日、殿のもとに徒目付頭が訪ねてこられました。しばらく二人でなにごとか話しこんでおられたのです。その後、徒目付頭がお帰りになり、殿は親しくなされているご友人のもとへ遊びに行かれたのです」

「友人というと」

「牛込通寺町《うしごめとおりてらまち》の善門寺《ぜんもんじ》のご住職穣海《じようかい》さまでございます」

牛込通寺町なら、久岡家の菩提寺臨興寺もある。ここからだと、牛込門を通るのが最も近いだろう。さほど急がずに歩いたとしても、四半刻ばかりの距離でしかない。

「その善門寺で行方がわからなくなったというのか」

「はい。庫裏で住職とお話をされており、そのとき厠に行かれたのですが、それきり庫裏にお戻りにならなかったとのことなのです。住職は庫裏でお待ちになっていたのですが、あまりに殿がお戻りにならないので、なにかあったのかと厠に行かれたところ、殿のお姿はどこにもなかったとのことです」

「供はどこにいた」

「供の者たちは山門を入ったすぐの鐘楼のところにいたのですが、誰一人として殿のお姿は見ておりませぬ」

「寺に裏口は」

「ございます」

もし楽松で見たあの二人が関係しているとしたら、どうだろうか。里兵衛のときもそうだったが、あの二人は厠近くで姿を見られている。その善門寺でも厠から出てきたところを襲って気絶させ、裏口から連れ去ったとしたら。

「そこから出ていった姿も、誰も見ておらぬのですかな」

「はい、目にした者がおるのでは、ということで何人かが近所をきいてまわっていますが、今のところ収穫は……」

勘兵衛の頭にあるのは、やはり、誰かに見られている気がする、との里兵衛の言葉だ。

勘兵衛は、その言葉を目の前の家臣にぶつけた。

「殿は久岡さまにもおっしゃっていたのですか」

「では、おぬしにも」

「はい、屋敷の者すべてが存じておりました。ですから、殿から決して目を離さぬようにしていたのです」

「誰が見ていたか、心当たりは」

「いえ、それがしにはございませぬ。屋敷の誰もがそのような者に心当たりは……」

「おぬしはこれからどこへ行こうとしていた。善門寺か」

「いえ、奥さまの命で徒目付頭のもとへ赴こうとしていたところでした」

「そうか」

勘兵衛は、善門寺の場所をきいた。

「では、行かれますので」

「そのつもりだ」

わかりました、と男はていねいに教えてくれた。きき終えた勘兵衛は、臨興寺とおそらく二町ほどしか離れていない場所であることを知った。

三

向かいに背筋をぴしりと伸ばして正座をする住職の穣海は、勘兵衛の名乗りをきいて目をみはった。

「あなたさまが久岡勘兵衛どのですか」

顔を寄せるように、まじまじと見つめてくる。かすかに上気している。

「住職はそれがしのことをご存じなのですか」

勘兵衛がきくと、息をととのえるようにした住職はそっと体を引いた。

「もちろんでございますよ。書院番の詰所では、久岡どのが里兵衛どのを救ってくれたのでございますよね。ありがとうございます」

「いえ、住職に礼をいわれるようなことでは。あれが磯部どのでなくとも、それがし、同じことをいたしましたし。それに、あれからたいして日がたってもいないのに、こんなことになってしまい……磯部どのになにもないことを祈るばかりです」

「それは拙僧も強く願います」

穣海は同意を顔に刻んだ。

「それに、その詰所の騒ぎの一事だけで久岡どののことを知っているわけではないのですよ。なにしろ、精鋭がそろっているといわれる御書院番のなかでも、きっての遣い手という話じゃないですか」

「いえ、そんなにいわれるほどのものではないですよ」

「ご謙遜《けんそん》を。里兵衛どのはこちらに見えるたびに久岡どののことをほめちぎっておりまして、拙僧も一度お顔を拝見したいと思っておったのです」

「磯部どのがそれがしのことを」

「久岡どのは犬飼道場に通っていらしたのですよね。今も顔をだされているのでしょうが、久岡どのの剣の評判を同僚からきかされて、里兵衛どのは稽古の様子を何度かのぞいてみたことがあるみたいなんですよ。それで、久岡どののあまりの強さにびっくりしたことをおっしゃっていました」

「そうなのですか」

気がつかなかった。道に面した格子《こうし》窓に、剣術に興味があるのか、十名近い町人が貼りついていることがあるが、それにまじって里兵衛は眺めていたというのだろうか。

いや、こんなことをきくためにこの寺にやってきたわけではなかった。

勘兵衛は、里兵衛の行方知れずの一件について、住職にたずねた。

「そうでしたね」

穣海は沈痛な面持ちになった。

「拙僧も責任を感じておるのですよ。もう少しはやく気づいていれば、行方知れずなどということにならなかったのではないか、と思いまして……」

僧侶《そうりよ》とは思えないようながっしりとした体格を誇り、ぎょろりとしたまなこを持っている住職だが、その体を縮めるようにし、目も落とし気味だ。

「いったいどこへ行ってしまわれたのやら」

勘兵衛が正座しているのは、里兵衛が穣海と話していたという庫裏だ。そこは青々とした畳が敷かれた八畳間だが、そのほかにも部屋がいくつか連なっているようで、庫裏自体けっこう広い。

庫裏だけでなく、それなりに盛っている寺のようで、瓦葺《かわらぶ》きの巨大な屋根を持つ本堂もぴかぴかに磨きあげられたように至るところが輝いており、戸や柱は清潔感にあふれていた。

この部屋の南側の障子はあけ放されて、大きな池が中央にある庭から吹きこむ風が心地よい。庭には大小さまざまな石が配置され、その間隙《かんげき》を縫うように背の低い木々やいろいろな草花が植えられていて、陽射しを跳ね返す緑が目にまぶしく感じられる。左手には鹿威《ししおど》しも設けられていて、小気味いい音を規則正しく響かせている。

時刻は七つ（午後四時）近いと思えるが、日はまだ高い位置にあって、薄い雲などものともしない光を発し続けている。それでも、だいぶ涼しくなってきており、どこからか油蟬の声がきこえている。

勘兵衛は咳払《せきばら》いをした。

「磯部どのがどこへ行ったのか、心当たりは、おありではないのですね」

「はあ、申しわけございません」

「いえ、謝られるようなことでは」

勘兵衛は居ずまいを正した。

「磯部どのと話をされていたのは、この部屋だったとのことですが」

「その通りです。昨日も暑く、こうして障子はすべてあけておりました」

「そのときですが」

勘兵衛は声を落とした。

「妙な気配や眼差しを感じませんでしたか」

「いえ、別にそういうのはなかったですが」

穣海がいぶかしげな顔をする。

「どういうことです」

「磯部どのからきかされてはおられませんか」

「なにをですかな」

勘兵衛は低い声で話した。

穣海は大きな目をさらに見ひらいた。

「里兵衛どのがそのような目を感じていたですと」

「では、おききになったのははじめてですか」

「はい、初耳です」

「そうか、これまで磯部どのは住職に話していなかったのか……」

勘兵衛は独り言をつぶやくようにいった。

「磯部どのがそのような目にさらされなければならぬ心当たりはございますか」

「いえ、ございません」

穣海ははっとした目をした。

「まさか、その者たちに里兵衛どのがかどわかされたのでは、と久岡どのはお考えになっているのですか」

その言葉にひっかかりを覚えて、勘兵衛は穣海をじっと見返した。

「確信しているわけではないですが、十分に考えられるとは思っています」

「そうですか」

穣海はむずかしい顔をした。組みかけた腕をおろし、膝の上に置いた。

「もし、里兵衛どのがかどわかされたとして、どのような理由でしょうか。あんなことがあったばかりですから、やはりうらみでしょうか。それとも、ほかに理由があるのでしょうか」

「まだなんともいえませぬ」

勘兵衛は身を乗りだした。

「失礼ですが、住職は磯部どのとどのようなお知り合いなのです。こちらは磯部家の菩提寺ですか」

「いえ、ちがいます」

穣海が首を振った。

「里兵衛どのと知り合ったのは、だいぶ前の話です。そうですね、もう二十年ほどになりましょうか。拙僧がまだ剣術道場に通っていたときですから」

「剣術道場ですか」

驚く勘兵衛を見て、穣海は笑みを漏らした。意外に子供っぽい笑顔だ。

「拙僧はもともと武家の出なのですよ。十六歳でこの寺にやってまいりまして、以来このような格好を続けております」

軽く袈裟を持ちあげてみせる。

「武家といわれますと。ああ、うかがってもよろしいですか」

「もちろんでございます。別に恥ずべきような家の出ではございませんから」

「失礼を申しあげました」

「いえ、どうぞ、顔をおあげください」

勘兵衛は穣海の言にしたがった。

「拙僧は九百石の増沢《ますざわ》家の出です。増沢家は御納戸《おなんど》役を拝命いたしておりますが、今は我が弟が家督を継いでおります」

「弟御が……」

「そうなのです。拙僧がこの寺に入りましたのはこの寺の跡を継ぐためでしたが、増沢家と当寺とのゆかりは深く、以前、祖父の弟もこの寺に入ったことがあるそうなのです」

穣海は鼻の脇を指先でこすった。

「拙僧がこの寺に入って十年後に兄が病死しまして、だからと申して拙僧が今さら実家に戻るわけにもいかず、それで三男の弟が跡を継ぐことになったのです」

無念だったのでは、という気が勘兵衛にはした。見る限り、目の前の住職は腕はかなり立ちそうに感じられるし、寺などに入らずにいたら、今頃九百石の旗本の当主なのだ。

「剣術道場といわれましたが、だいぶ励まれたのですか」

「もちろんですよ。師範や師範代には筋がいいといわれましてね、ほめられるといい気になってしまうたちなので」

「なるほど」

勘兵衛は相づちを打ち、話をもとの筋に戻した。

「磯部どのと知り合われたのは、その道場ですか」

「その通りです。剣術より槍術《そうじゅつ》を主に教えている道場でしたが」

穣海がちらりと勘兵衛の頭上のほうに視線を投げた。つられて勘兵衛も見あげた。

襖の上の壁のところに、一本の槍がかけられている。

「僧侶なら薙刀《なぎなた》かもしれませんが、やはり拙僧は槍のほうが好きでして、その槍はついこないだ買い求めたばかりですよ」

ほしかったおもちゃを買い与えられた子供のような笑いを見せたが、すぐに頬を引き締めた。

「里兵衛どのとは旗本の次男同士で馬が合ったと申しましょうか、とにかくつき合いがこれまで絶えることなく続いてきました」

「磯部どのも次男だったのですか」

「ええ。磯部家には婿養子として入ったのですよ」

なんとなく、あの気の強い奥方のことが理解できたような気がした。

「里兵衛どのは、もとは千百石の五十嵐《いがらし》家ですよ。御小姓《おこしょう》組です。今は兄上が家督を継がれて、跡取りもできまして、家はこれからもなにごともなく存続してゆくのでしょう」

穣海がこほんと喉を鳴らした。

「気がかりは里兵衛どのですな。このまま行方が知れないままなどといったら、下手すると取り潰しになってしまいますよ」

「磯部どのに跡継は」

「いえ、それがいないのですよ」

「妾《めかけ》は」

穣海は苦笑した。

「久岡どのは、里兵衛どのの奥方をご存じですか」

「ええ」

「ならおわかりになるでしょう。あの奥方は悋気《りんき》持ちでしてな、妾などと里兵衛どのが一言でも口にしたら、離縁ですよ」

「磯部どのがこちらに来られていたのはもしや……」

穣海は闊達《かったつ》に笑った。

「ええ、里兵衛どのはあの奥方から逃げていたのでしょうね。拙僧はそれはもう愚痴ばかりきかされましたから。でも、御書院番として旗本の当主でいられるというのは、本当にすばらしいことなんですがね」

実感がこもったいい方だ。

勘兵衛は一つ思いついたことがあった。

「まさか磯部どのが、奥方から逃げるために姿をくらましたということは考えられないですか」

「正直申しあげて、拙僧もそのことはまず第一に考えました。さすがに口にはだせませんでしたが。しかしちがうでしょうね。いろいろいってはいましたが、里兵衛どのは多江どののことは深く想《おも》ってましたので……」

夫婦のことに関しては、確かに他人が口をだすべきことではない。一見、冷えきったように見える夫婦でも見えないところでは強い絆《きずな》でつながって、想い合っているようなことがないわけでもない。

そうですか、と勘兵衛はいった。

「磯部どのの行方が知れなくなる前、どこか様子がおかしかった、というようなことはありませんでしたか」

穣海はわずかに考えこむ仕草を見せた。

「いえ、そういうのはなかったと思います。こちらに見えるときは、息抜きといった気分が強かったのはまちがいないでしょうが、いきなり姿を消すような悩みがあったとは思えません。もっとも、あのようなことがございましたから、思い悩んでいなかったと申すのは無理があるような気がいたしますが」

穣海がふと気がついた顔をした。

「でもどうして久岡どのは、そんなに里兵衛どのの心配をなさるのです。これまでそんなに親しくはなかったのでしょうに」

勘兵衛は語った。

「ああ、そうなのですか。磯部どのはそのような頼みごとを久岡どのに」

穣海はいかにも感心したという顔で、勘兵衛を見やった。

「それにしても、久岡どのは律儀ですね。ほとんど話をかわしたことのない者の願いをきいてやるなど」

「あれもなにかの縁でしょうから。一度救って、ほったらかしというわけにも……」

「まあ、そうでしょうね」

「ご住職、繰り返しになってしまいましょうが、磯部どのがいなくなったときのことを今一度、お話し願えませんか」

「かまいませんよ」

昨日の八つ半（午後三時）頃、四人の供を連れて里兵衛は寺にやってきた。顔を見せたのは十日ぶりくらい。いつもと同じように、穣海はこの庫裏にあがってもらい、お茶をだした。

暑いなかを歩いてきたせいで喉がひどく渇いていたらしい里兵衛は、四度もおかわりを要求した。

そのために小便が近くなったか、詰所で起きたことやさっきまで徒目付頭にいろいろきかれていたことなどをぺらぺら話していた里兵衛は、厠に立った。

この座敷で穣海は里兵衛の戻りを待っていたが、四半刻近くたっても里兵衛は姿を見せず、心配になった穣海は厠に行ってみた。

そこに里兵衛はいなかった。呼びまわって捜してみたがどこにもおらず、あのまま帰ってしまったのかと思ったという。

「ただ、やはり気にかかったものですから、屋敷へ使いをだしたんです。屋敷に帰っているかどうか確かめたくて」

しかし、里兵衛は戻っていなかった。

四

善門寺を出た勘兵衛は牛込門まで戻り、道をお堀沿いに東へ進みはじめた。

江戸川が神田川《かんだがわ》に注ぎこむところに架けられた船河原橋《ふなかわらばし》を渡り、さらに東へ足を運ぶ。

小石川《こいしかわ》門を右手に見ながら歩き、水道橋《すいどうばし》もすぎた。

やがて道の先に、昌平坂《しょうへいざか》学問所の建物が見えてくる。学問所の塀に突き当たったところを左に曲がり、北へ歩を進める。

「殿、どちらへ行かれるんです」

うしろをついてくる滝蔵がきいてきた。善門寺を出たくらいから、重吉ともどもききたくてならない様子が伝わってきていたが、ついに我慢ができなくなったようだ。

「疲れたか」

「いえ、そんなことはないんですが」

「そうだよな。あれだけ鍛えているんだ、このくらいで疲れてもらっては困る」

「いえ、殿、疲れよりむしろ喉のほうが渇いてならないんですよ」

重吉がかすれ声でいう。

「そうか、気がつかずにすまなかったな」

二人は屋敷を出て以来、喉を一度も潤していない。勘兵衛はあたりを見まわした。

半町ほど先の木陰に水売りがいて、ひゃっこい、ひゃっこいと声を張りあげている。おそらく午前中からずっと同じ場所にいるのだろうからひゃっこいというのは疑わしかったが、ほかに喉の渇きを癒せそうなところも見当たらない。

供の二人に、一杯四文《もん》の水を飲ませた。一気に飲み干した二人は生き返ったような顔になった。

「うまいか」

「ええ、もう甘露そのものですよ」

「殿はよろしいのですか」

案じ顔で重吉がきく。

「俺は飯沼さんのところで茶をもらう」

「では、行く先は」

「ああ、あのおっかない人の屋敷だ」

二人が器を水売りに返したのを確かめた勘兵衛は再び歩きはじめた。

四町ほど行くと、連なる町屋越しに寺院の森が見えてくる。府内八十八ヶ所の第二十八番目の霊雲寺《れいうんじ》だ。

勘兵衛は霊雲寺の北側にまわりこんだ。

屋敷の門を叩き、訪《おとな》いを入れる。用人がやってきて、勘兵衛を入れてくれた。供の二人は外で待つことになる。

「やっぱり来たか」

玄関に麟蔵が立っていた。

勘兵衛は奥の座敷に落ち着いた。

「あの、おきぬどのはどうされたのです」

いつもなら真っ先に挨拶をしてくるはずなのに、姿が見えない。

「実家に戻っている」

「えっ、喧嘩《けんか》でもされたのですか」

「毎日目にして飽きぬおなごと喧嘩すると思うか」

「飯沼さんはそうかもしれませんが、おきぬどのがどうかは……」

下駄《げた》のような四角い顔にのった目は細く、鼻は低く丸く、口は大きい。麟蔵はお世辞にもいい男とはいえないのだ。

「おまえ、地獄の閻魔《えんま》より怖《おそ》れられている徒目付頭に、よくそんなことがいえるな」

「なぜ実家に」

「おまえ、おきぬのことが本当に気になるみたいだな。惚《ほ》れているのか」

「まさか」

「そうだよな。おまえは美音どのにぞっこんだからな」

麟蔵は一つ息を入れた。

「たぶんできた。両親にその報告だ」

「できたというと」

「そのでかい頭は相変わらず空っぽみたいだな」

「では、お子が」

麟蔵はにっこりと笑った。柄にないえくぼがそぎ落としたように薄い頬にできた。

「今日、はやく帰ってきたのは、おきぬのことが気になったからだ」

仕事の鬼のような徒目付頭でも、こんなところがあるのだ。勘兵衛は見直す思いで麟蔵を見つめた。

「昨日、兄のところへ見えたのは、そのことをいいにいらしたのですね」

「その通りだ。俺に子供ができたことを心から喜んでくれるのは善右衛門だけだからな」

麟蔵がじっと見てくる。

「自分もそうだといいたげだな」

「なぜ昨日、教えてくれなかったのです」

「男子たる者、二度も同じ言葉を吐けるものか」

麟蔵が座り直し、背筋を伸ばした。

「磯部の失踪《しっそう》のことだな」

「はい。九ヶ月前、という飯沼さんの言葉がどうにも気になっていますし、あと、お教えしたいこともありますし」

「話せ」

「先に、九ヶ月前にさかのぼる、というのを教えてください」

「勘兵衛、駆け引きがうまくなってきたな」

「飯沼さんとのつき合いもだいぶ長くなってきましたから」

よかろう、と麟蔵はいった。少し苦い表情をしている。

「まさか、本当に磯部がいなくなるとは思わなかった。しくじりだ」

勘兵衛は目をみはった。

「しくじりというのは」

「磯部にはひそかに配下をつけてあったんだ。それなのに、いなくなった」

「なぜ監視を」

「実はな、勘兵衛、ここ一年以内のあいだに行方知れずになった旗本は磯部里兵衛がはじめてではないのだ」

「九ヶ月前にさかのぼる、というのはこのことを指していたのですね」

「ああ。最初の行方知れずが九ヶ月前で、その男は磯部と同様、誰かに見られていると感じ、そしておぬしも会った二人組ともどうやら会っていたようなのだ。四人は、いずれも行方はつかめていない。磯部はともかく他の四人には、いきなり姿をくらましてしまうような理由は見当たらぬ」

「その四人に共通点は」

「これといって見当たらぬ。旗本であることくらいだ。つとめもそれぞれちがうし、徹底して調べたが、四人にはつながりはない。おそらく、道ですれちがったことすらもないんじゃないのか。唯一、あるとしたら、四人が四人ともそれなりに遣うことくらいだな。だが、それでもおぬしほどに目立つ遣い手ではない」

「磯部どのとその四人につながりは」

「今、それを調べている」

麟蔵は顔をしかめた。

「だが、なにもないような気がするな」

「想像でものをいわぬはずの飯沼さんとも思えぬ言葉ですね」

麟蔵はなにもいわなかった。

「磯部どのがどういう状況でいなくなったか、詳しいことをご存じですか」

「おまえ、善門寺へ行ったのだろうが」

「住職から話をきいただけですから」

麟蔵は目を細めた。

「なにか含むところがある顔だな。教えることがあるというのは住職のことか。穣海といったな。よし、勘兵衛、話せ」

「いえ、先に磯部どのがいなくなった状況をおきかせください」

麟蔵はいまいましげに眉を寄せた。

「あの寺の庭に、配下は植木を見物している顔で入っていたんだ。磯部は庫裏で住職と楽しそうに話をかわしていたそうだ。茶を何杯も勧められていたらしいぞ」

「ちょっと待ってください。勧められていたというのは本当ですか」

「俺の配下が偽りをいうと思うか」

「住職の話では、磯部どのが喉が渇いているということで、茶のおかわりを所望《しょもう》したそうです」

「なるほど。とすると、和尚《おしょう》ははなから磯部を厠にやろうとしていたんだな。茶を飲むと、厠が近くなるからな」

「住職がかどわかしの手引きをしたと」

「そういうことになるだろうな。それで厠に行った磯部を、配下も追ったんだが、そのときにはすでにいなくなっていたそうだ。厠から裏口はすぐだ。そこから連れ去られたのであろう」

麟蔵がうなるように息を吐きだした。

「よし、勘兵衛、もういいだろう、話せ」

勘兵衛はうなずき、語った。

ほう、とききえた麟蔵がいった。

「磯部が感じていた眼差しのことをきいて穣海は、その者たち、といったのか。今の話を裏づける一事だな」

「それがしは磯部どのが何者かの眼差しを感じていたことを話しただけですから、者たちとは断定できぬはずです」

「穰海は、誰が磯部をかどわかしたか、知っているということになるな。あるいはやつも一味か。ふむ、穰海か。いったい何者なのかな」

勘兵衛は、一応は穰海の素性を話した。

「ほう、やつはもとは旗本なのか。御納戸役で九百石の増沢家」

わかった、と麟蔵はいった。

「穰海と増沢家について調べてみよう。なにかわかったら、連絡する」

「よろしくお願いします」

「ああ、そうだ」

麟蔵がなにか思いだしたような顔をした。

「ちょっと小耳にはさんだんだが、行方知れずといえば、町方同心も一人いるらしいな」

「本当ですか」

まさか。勘兵衛は驚いて麟蔵を見つめた。

「いや、あの稲葉とかいう同心ではない。確か塩川なにがしとかいったと思うぞ。稲葉はかどわかされるようなへまを犯す男じゃなかろう。きっとぴんぴんしているさ」

麟蔵が首をひねった。

「いや、どうかな。考えてみれば、あの男、けっこうそそっかしいところがあるからな。人もよさそうだし。勘兵衛、今度会ったら、よく注意しておくことだ」

七十郎の顔を久しく見ていないのを勘兵衛は思い起こした。無性に、酒を酌みたい気持ちに駆られた。

「飯沼さんは、旗本五名の行方知れずと、町方同心のそれと関《かか》わりがあるとにらんでいるのですか」

「どうだかな。町方の場合、犯罪者とじかに関わっているからな、旗本と同列には論じられんだろう」

五

「よく来てくれた」

七十郎は、奥の座敷に右馬進を招き入れた。

「腰をおろしてくれ」

床《とこ》の間《ま》を背にした上座に座らせる。

「遠慮せず、膝を崩してくれよ」

「先輩を前に、そうはまいりませぬ」

右馬進は微笑をたたえつつ、きっぱりといった。背筋をすらりと伸ばした姿勢は、さすがに遣い手を感じさせる。

「慎み深いんだな」

七十郎は向かいにあぐらをかいた。

「それだけは父から厳しく教えこまれていますから」

あの大捕物からすでに二日たった。今日、七十郎も右馬進も、ともに非番だった。それで七十郎は右馬進を屋敷に招いたのだ。

「おぬしのおかげで助けられた。あらためて礼をいう」

「もういいですよ。あのときうかがっています」

「必ず恩返しはするからな」

「いえ、こちらに招いてもらっただけで十分です」

「右馬進、おぬし、酒はいける口だよな」

「はい、好きです。あまり量は飲めないのですが」

「斗酒《としゅ》も辞さず、なんていわれたらこっちが困ってしまう。そんなに買ってあるわけではないからな」

七十郎は笑いかけた。

「でも気兼ねなく飲んでくれ。いい酒を買ってきたんだ。仮に酔い潰れたとしても、すぐ近くだからな。おぶってでも送り届ける」

同じ組屋敷内に住んでいるだけに、右馬進の屋敷は半町ほどの距離でしかない。

すぐに、七十郎の父がやってきた。右馬進の前に座り、挨拶をする。

「ご活躍だったそうだな」

十左衛門《じゅうざえもん》が気さくに話しかける。父は七十郎が正式に町廻り同心になったとき致仕《ちし》し、今は隠居の身だ。

ややおくれて入ってきた母は、刺身と煮つけた魚の二つの皿を持っている。それを畳の上に置いた。

それから正座し、右馬進に辞儀をした。右馬進も律儀に返した。

「おい、七十郎、はやく酒を持ってこい」

「はい、ただいま」

「ああ、七十郎、あと漬物と冷や奴があります。それも持ってきてください」

母がいう。

「わかりました」

台所に行き、七十郎は昨日買い求めた大徳利を手にした。漬物があまりにうまそうだったので、つまみ食いをしてから座敷に戻った。

「お待たせしました」

母のおはるが体をよじるようにして、笑っている。もともと明るい気性で、笑い上《じょう》戸《ご》だが、こうして娘のようにころころ笑っているのは最近では珍しい気がする。

「母上、なにがそんなにおかしいのです」

七十郎は徳利を父に手渡しつつ、たずねた。

「だって、七十郎、右馬進さまは子供の頃、刃物が怖くて、包丁すらも持てないほどだったそうですよ」

「えっ、そうなのか」

「ええ、今でも刃物の類は苦手は苦手なんですが」

七十郎は目の前の若者をしげしげと見た。

「それなのに、よくあの賊どもの前に飛びだしてゆけたな」

「ね、七十郎、おかしいでしょう」

「おかしいというよりも、不思議な感じがしますね」

「それがしも、今思いだしてもなぜあれだけの力が発揮できたのか、不思議でならないんですよ」

「でも、その右馬進どののおかげで七十郎は助けられたんだよな。父親として、あらためて礼を申す」

十左衛門が深く頭を下げ、笑いを消した母も父にならった。

「いえ、どうか、お顔をあげてください。先輩の危機を救うのは後輩として当然ですし、もしそれがしが危地におちいったら、七十郎さんも同じことをしてくれたはずです」

「どうだかな」

十左衛門が首をひねる。

「右馬進どのを助けられるだけの腕はせがれにはないぞ」

「ちょっと父上、お待ちください。きき捨てならぬお言葉ですね」

「わしがもっと鍛えておけばよかったか」

十左衛門は七十郎の声が届かなかった顔で続けた。

「右馬進どの、このせがれをどうか、びしびしと鍛えてやってくだされ。よろしくお願い申す」

「いえ、そんな。七十郎さんは敬愛すべき先輩です」

「父上、右馬進も困っているではないですか。やめてください」

十左衛門が七十郎を見た。

「おい、七十郎、杯は」

「えっ、ないですか」

立ちあがりかけた母を制して、七十郎は台所に向かった。

「な、あれだよ。抜けているんだ」

父の声が背中にかかる。

「いったい誰に似たのやら」

七十郎は四つの杯を手に戻ってきた。

「母上も飲まれますか」

一応、手渡した。

「ありがとう」

母が父に目を向ける。

「七十郎のそそっかしいところが誰に似たのか。それは、あなたさまに決まっているではないですか」

「どうしてだ。わしは別にそそっかしくはないぞ」

「あら、そうでしたかしら」

「なんだ、いいたいことがあるのならはっきりいえ」

おはるはにっこりとうなずいた。

「私と一緒になったばかりの頃、まだ七十郎がおなかにいたときのことですよ、あなたさまはよく長脇差をお忘れになって出仕されましたよね。腰が軽いことにどうして気がつかぬのか、私には不思議でなりませんでしたわ」

「わしが腰の物を忘れただと。そんなこと、一度だってなかっただろう」

「いーえ、ございました」

母はいいきった。

「それも三度か四度。いえ、もっとかもしれません。それから、ある茶店で休んでいて、その店の看板娘に十手を見せてくれるようせがまれたとき、近くで盗人《ぬすっと》騒ぎがあって、十手を預けたまま走りだしたことがありましたよね。盗人は町人たちが取り押さえてなにごともなくすんだんですけど、このお人は十手が茶店にあるのを忘れたままで、結局、茶店の主人が番所に持ってきてくれて……与力の寺崎さまにものすごく叱られましたよね」

「本当なのですか」

七十郎はにやにやしつつ、顔を赤らめている十左衛門にきいた。

父は七十郎に顔を向けられず、おはるをにらみつけるようにした。

「ば、馬鹿者、夫の恥をぺらぺらと」

「はっきりいえといわれるから、したがったまでですよ。あなたさまだって、七十郎のことをえらそうにおっしゃっていたではないですか」

母はしらっと答えて、続けた。

「確か、あの直後じゃなかったかしら、あなたさまが珍しくお酒をたくさん召しあがりになって、俺は同心になど向いていないのではないかなあ、と愚痴をこぼされたのは」

その光景が見えるようで、七十郎はぷっと噴きだしてしまった。

右馬進も笑いをこらえる表情だ。

「右馬進どの、本気にしてはいかんぞ。おはるはどうも話を大袈裟にしすぎるきらいがあるのだ」

「あら、そのようなことを。でも右馬進さまでしたら、どちらが本当のことを申しているか、おわかりになりますわよねえ」

はあ、と右馬進はいった。

「あの、ご隠居の手柄話をおききしたいのですが」

「あるぞ、あるぞ」

よくぞいってくれたとの表情を丸だしに、十左衛門は身を乗りださせた。七十郎が注《つ》いだ酒をごくりと干す。

横で母が、あったかしらといわんばかりに首をひねっている。

「さあ、右馬進さま、もっと召しあがってください」

おはるが魚の煮つけを勧める。

「ありがとうございます」

右馬進はうまそうに箸をつけた。

「あれは、二十年ばかり前か、五十年ぶりに辻斬《つじぎ》りが出たんだ」

十左衛門が、右馬進の気持ちを惹くようにいう。

「ほう、辻斬りですか」

滅多にある事件ではないだけに、右馬進の瞳には興味の色が刻まれた。

「ほんの半月ばかりのあいだに、町人ばかり四人が斬り殺されるというものだった。いずれもうしろからやられたんだ。四人を殺して、辻斬りは姿を消した……」

「では、つかまらなかったんですか」

「そのときはな。誰も夜歩きはしなくなったし、我らの警戒の目も強まったから、それで辻斬りは姿を消したのか、とも思えたが、わしはちがうのでは、とにらんでいた」

「どういうことです」

「辻斬りなどではなく、四人のうち一人こそが狙いで、あとの三人は偽装にすぎぬのでは、と思ったんだ」

「どうしてそういうふうに」

七十郎はきいた。いつしか話に引きこまれている。

「辻斬りなどやらかす者は、たいていの場合、刀のためし斬りをしたいとか、自らの腕を確かめたいとかいうのが理由だ。だから、斬り口はかなり鮮やかなものが多い、と以前先輩からきかされていたんだ」

「その四人はちがったのですね」

右馬進が納得したようにいう。

「その通りだ」

四人とも、一刀のもとにばっさりというわけではなかった。何ヶ所か刀を浴びせられたのち、絶命しているのが確かめられていた。刀自体もなまくらなのが、傷からはっきりしていた。

「四人のうちの誰かにうらみを持っている者が下手人ということになる、とわしは思った。殺された四人がいずれも町人だから下手人も町人では、とわしはにらみ、刀を振える者がいないか、徹底して調べた」

「下手人はわかったのですね」

「ああ。半年ばかり前、一膳飯屋《いちぜんめしや》で食い逃げしようとしてつかまったのを逆うらみしての犯行だ」

「たったそれだけの理由で、なんの関係もない三人を殺したのですか」

「ああ、自分のことが最もかわいい、という典型だった。自分を守るためなら、どんな犠牲もいとわぬ男だった」

その男の真の標的は、ある一膳飯屋の常連だった。男が逃げだしたとき、店に居合わせていてあっという間にあとを追い、一人で取り押さえた。別に町役人に突きだすわけでもなく、みんなで懇々《こんこん》と諭して、その男を解き放ったが、その男は多くの人の前で恥をかかされたと思いこみ、うらみを胸に秘めた。

「その男は剣術を習っていたのですか」

「ああ、町道場で習っていた口だ。腕自体、たいしたことはなかったようだが」

「でも、さすがにご隠居。鋭いですね」

右馬進がほめたたえると、十左衛門は喜色を浮かべた。

「見直したか」

「はい」

「母上、この話に裏はないのですか」

七十郎は確かめた。

「七十郎、あるはずなかろうが」

「その話は当時、くどいほどきかされました。あれだけ熱心に語った事件はそれ以降、隠居するまでありませんでしたから、おそらく本当なのではないか、と思いますよ」

父はおもしろくない顔で、杯を干した。七十郎は注いでやった。

「右馬進さまはご兄弟は」

おはるがきく。

「はい、妹が一人おります」

母が目を輝かせる。

「おいくつです」

「それがしと一つちがいの十七です」

「喜美江《きみえ》さんというんですよ、母上」

「七十郎、存じているのですか」

「それがしが右馬進の妹を知らなかったら、そのほうが変でしょう」

「親しいのですか」

「いえ、何度か口をきいたことがある程度ですが。まさか、母上」

「そのまさかです。右馬進さま、その喜美江さんには決まったお人がいらっしゃるのですか」

右馬進は小さくうなずいた。

「ええ、つい一月ほど前に決まりました。吟味方《ぎんみかた》の同心です」

「そうですか。それは残念。ほんの一足ちがいでございますね」

おはるは心の底から悔しそうにしている。

「はやく孫の顔が見たいんですけどね。右馬進さま、誰かいい人、ご存じないですか」

「ちょっと母上、右馬進だってまだ独り身ですよ。これから捜さなければならぬのに、人のことをかまっている場合ではないでしょう」

「いえ、それがしのことはいいですよ。わかりました、心がけておきます」

「よろしくお願いします」

母が頭を下げ、父も続いた。十左衛門も母に負けないくらい孫をほしがっている。

「でも、右馬進、捜すといっても、どのみち組屋敷内からに決まっているからな。捜すというのもたいへんだぞ」

不浄役人と呼ばれることから、町奉行所につとめる者は同じ武家とふつうの侍たちから見られていないこともあって、よそから嫁が来るなど滅多にない。

今、八丁堀の組屋敷のなかはほとんどが縁戚《えんせき》関係だ。親類でない者を捜すほうがよほどむずかしい。

七十郎は、刺身をつまんで咀嚼している右馬進を見た。

「そうか、喜美江どのは縁談がととのったのか」

とりたてて美人というほどではないが、右馬進に似た明るい笑顔の持ち主で、一緒に暮らすことができたらきっと楽しいだろうな、と思わせる娘だ。

はやいところ手を打っておくべきだったかな、と淡い後悔が胸をじんわりと浸した。

六

「おい、勘兵衛」

本丸御殿の大玄関に入って草履《ぞうり》を脱いだところで、呼びとめられた。

廊下に立つ麟蔵がいた。配下らしい男を四人連れている。配下たちも麟蔵に劣らず、目つきが悪い。

「おはようございます」

勘兵衛は快活に挨拶をした。

「ちょっと来い」

会釈一つ返さず麟蔵が手招く。まったくこういうところがいかんのだよな、と勘兵衛は胸のなかでつぶやいて、近づいた。

「昨日はどうもありがとうございました」

「ああ、いや、こちらこそな」

朝っぱらから徒目付頭と親しげに話をかわしているのを、気味悪そうに見ながら同僚たちが控え室へ歩いてゆく。

「なんでしょう」

「ちょっと力を貸してほしいんだが」

「今日これからですか」

「そうだ」

「でも、つとめがあります」

「佐々木どのからすでに承諾は得ている」

ならば、勘兵衛に否やはない。むしろ、今日一日のつとめから解放されて、幸せな気分になった。

「うれしそうだな」

「いえ、そんなことはありませぬ」

あわてて表情を引き締める。

「ま、無理をするな」

鼻で笑って麟蔵が大玄関を出た。

「どこへ行くんです」

肩を並べて勘兵衛はきいた。

「ここでは待て。あとで話す」

大玄関に向かう侍たちの波とは逆の方向だが、さすがに麟蔵の顔はよく知られており、町人がやくざ者を避けるように出仕する侍たちは麟蔵をよけてゆく。

「どうだ、気持ちがいいだろう」

「悪者になったような気分ですよ」

「慣れればそうでもなくなるさ」

慣れるときなど来るはずがなかった。来るとすれば、それは勘兵衛が徒目付になったときだ。

はっとして勘兵衛は麟蔵の横顔を見た。

「心配するな」

前を向いたまま麟蔵がいう。

「とりあえず引き抜こうとは思っておらぬ。当分はな。安心しろ」

ぞっとしないでもないが、書院番よりいいかな、という思いが心をよぎってゆく。

中雀門《ちゅうじゃく》を抜け、書院門を通り、中之門を入った。

三之門をすぎ、橋を渡る。見えてきたのは下乗門《げじょう》だ。それをくぐって内桜田門《うちさくらだもん》を通り抜けた。

大名小路と呼ばれる場所に出る。ここには会津松平家《あいづまつだいら》をはじめとして、譜代《ふだい》でもかなり重要な位置を占める大名の上屋敷が建ち並んでいる。

供の者たちが待っている。さっきわかれたばかりの勘兵衛がもう戻ってきたのを見て、みんな目を丸くしていた。

ここで滝蔵と重吉だけを残し、あとの者は屋敷に帰らせた。美音や蔵之丞に、心配はいらぬことを伝えるように、最も年かさの者に命じた。

「もういいのではないですか」

内堀沿いを歩き、外桜田門をあとにして、勘兵衛はいった。ここまで来てしまえば、もう城内ではない。

「よかろう」

麟蔵が唇を湿らせた。

「毎度のことだが、助太刀を頼みたいのだ」

助太刀ときいて、勘兵衛は心が躍るものを感じた。なんだかんだいったところで、真剣を振るう機会が持てることに、血が騒いでならないのだ。

「といわれますと」

武者震いにも似た気持ちを抑え、勘兵衛は平静にたずねた。

「助太刀の中身はな……」

切腹したばかりの西橋星之佑の従兄《いとこ》興村《おきむら》与《よ》一郎《いちろう》の相手をすることだった。

「実際にやり合うことになるかはわからぬが、万が一を慮《おもんぱか》っておぬしを連れてゆくことにしたのだ」

「その興村という人は旗本ですか」

「新番衆《しんばんしゅう》の一人だ。確か、おぬしの叔父《おじ》にも新番がいたな」

「はい、樋口権太夫《ひぐちごんだゆう》という者が」

勘兵衛は、叔父に久しく会っていないことを思いだした。ほのぼのとした感じの魅力ある叔父で、ときに顔を見たくてたまらなくなるときがある。勘兵衛の母の実弟に当たる。

「遣うのですか」

「ああ。でなければ、おぬしを連れてゆこうなどと思わぬ」

「流派は」

「岐天《ぎてん》流とかいったな」

きいたことはない。

「その人をつかまえに行くのですか」

「いや、磯部のことに関して話をきくだけだ。もう一つききたいことがあることはあるのだが」

「もう一つですか。なんです」

「それはあとだ。今日、やつは非番ということでな、屋敷にいるはずだ。もちろん、手向かうようなことがあれば、おぬしの出番ということになる」

「理由はなんです。西橋の従兄ということから、磯部どのの失踪になにか関係があるとにらんでいるのですか」

「そういうことだ。昨日おぬしからきかされた筋のほうが濃いと思っているから、俺のなかではどうかなという気持ちがあるが、確かめずに放《ほう》っておくわけにはいかぬ」

興村与一郎は、磯部里兵衛を殺す、と親しい者に告げたという。星之佑の無念をこの俺が晴らすのだ、と。

番町にある興村屋敷に到着した。屋敷は淡路坂《あわじざか》近くの、表二番町通に面していた。屋敷の広さとしては、久岡家や古谷家とさして変わらず、番町のどこにでもある屋敷といっていい。

麟蔵がくぐり戸を叩き、訪いを入れた。

用人に先導され、玄関のところまで来た。

「よし、おぬしたちはここで待っておれ」

麟蔵が配下に命じた。

麟蔵と勘兵衛は廊下を進み、奥の座敷に導かれた。

興村与一郎はすぐに姿を見せた。

がっしりとした体格をしており、背丈も六尺近い。相当の遣い手であるのは一目で知れた。いかにも豪快な剣を振るいそうだ。

一礼して座敷に入ってきた興村は、ゆったりとした動きで向かいに正座をした。

眉が糸のように薄いのが印象的だ。どんぐりのような形をした目は生き生きと澄んでおり、鼻がやや丸みを帯びているのと口許《くちもと》にやわらかな笑みがたたえられているところが、どこか人のよさを感じさせる。

従弟の無念を晴らすことを公言するような人柄には見えず、麟蔵のいう通り、ちがうのでは、という感触を勘兵衛は持った。

ただ、さすがに徒目付頭を目の前にして、興村は緊張を隠せずにいる。

「どういうご用件でしょう」

高くもなく低くもない、なかなかさわりのいい声だ。伸びやかな響きがあって、それもこの男のまっすぐな性格をあらわしているように思えた。

「西橋星之佑の無念を晴らすつもりですか」

前置きもなしに麟蔵がずばりときいた。

与一郎は、えっ、といったきり絶句した。

「お答え願えるかな」

与一郎はごくりと唾を飲んだ。

「いえ、そんな気持ちなどございませぬが……」

「しかし、磯部里兵衛を殺すと公言したそうではござらぬか」

「確かに申しました。しかし、あれは酔った上での放言です。本気ではございませぬ。

幼い頃からまるで兄弟のように親しくしてきた従弟の死が無念でならなかっただけで、本気ではございませぬ」

「一昨日の昼の七つ(午後四時)頃、どちらに」

麟蔵は淡々とした声音《こわね》で問うた。

「一昨日のつとめは夕番でしたから、その刻限はちょうど殿中をあとにした頃ですね。この屋敷に戻ったのが、それから四半刻後くらいです」

「でしたら、そのことを証《あか》してくれる人は大勢おりましょうな」

「もちろんです。ともに夕番だった者すべてが証してくれましょう」

「牛込通寺町の善門寺という寺をご存じですか」

「ぜんもんじ……いえ、存じませんが、その寺がなにか」

「いえ、ご存じでなければけっこうです」

与一郎は腑《ふ》に落ちないといった顔をしている。

「もしや、磯部どのの身になにかあったのですか」

「どうしてそういうふうに思われるのです」

「いや、今までのお目付の問いを考えれば、自然そういうふうに考えざるを得ませぬ」

「その通りでしょうね」

麟蔵は話した。

「磯部どのが行方知れず……」

与一郎は驚きに目をみはっている。その与一郎の顔を、瞬《まばた》きのない目で麟蔵が見据えていた。

与一郎は気づいた表情をした。

「では、それがしが磯部どのを害したと考えて、御徒目付どのはこちらへ……」

首をぶるぶると振った。

「それがしはなにもしておりませぬ。先ほども申しあげたように、それがしは本気で磯部どのを害そうとは思っておりませぬし」

「わかっております」

麟蔵がうなずき、指を一本立てた。

「もう一つおききしたいことがあります。国枝長八《くにえだちょうはち》どのをご存じですね」

「はい、同僚です。でもかなり前に……」

「その通りです。七ヶ月前に行方知れずになっていますね」

そうだったのか、と勘兵衛は思った。叔父からもきいたことはなかった。

「親しかったそうですね」

「ええ、まあ」

「七ヶ月前に、目付より事情はきかれたでしょうが、再度おたずねします。国枝どのですが、行方が知れなくなる前、誰かの目を感じていた、といったことがなかったですか。あるいは、そのようなことを漏らしていたというようなことは」

　与一郎は首を傾け、握り締めた両手を膝に置いた。

「いえ、そういうのはきいたことはございませぬ」

　声は低いが、口調ははっきりとしている。

「国枝どのが姿を消す理由に心当たりは」

「いえ、当時、それがしそのことについて本当によく考えました。しかし思い当たるものはなにもなかったのです。家庭は円満でしたし、なにより生まれたばかりの赤子を、まさに目に入れても痛くないかわいがりようでしたから。それがしが見せてもらったときはまだ首も据わっていなかったですが、あの赤子も大きくなったのでしょうね」

「国枝どのにうらみを持つ者を、知っていますか」

「いえ、存じません」

「よく考えてください」

「あの、御徒目付どのは、長八どのと磯部どのの行方知れずが同じ根っこを持つ、とお考えになっているのですか」

「そういう考え方もできる、といった程度です。答えてください」

　ため息をつきたげな顔で与一郎は腕を組み、考えはじめた。

顔をあげて、徒目付頭を見つめる。

「長八どのの行方がわからなくなる直前、かなり激しいいい合いをしていた者がおります。しかし、あれが行方知れずにつながるとは思えぬのですが」

「誰です」

告げ口はしたくない、という思いが与一郎の頬のあたりをよぎってゆく。勘兵衛にも気持ちはわかるが、麟蔵を前にいわずにすませられるはずもない。

仕方なさそうに与一郎は口にした。

その答えをきいて、勘兵衛は驚愕《きょうがく》した。

のけぞりそうになっている勘兵衛を見て与一郎がいぶかしそうにしたが、やがて合点がいった顔つきになった。

「もしや、おぬしは権太夫どのの甥御《おいご》の勘兵衛どのでは」

与一郎は勘兵衛の頭をのぞき見るようにした。

「確か、御書院番ときいていたが、御徒目付に移られたのかな」

「いえ、今はまだ見習といったところです。いずれ正式に決まるでしょうが」

麟蔵が無表情にいう。これにも勘兵衛は腰が浮くほどに驚いたが、問題は叔父のことだった。国枝長八と口論をしたのは、樋口権太夫、と与一郎はいったのだ。

「国枝どのは樋口どのと、どのようないい合いをしたのです」

「詳しいことは知らぬのです。それがしがあいだに入ったときに、二人はすでにつかみ合いになる寸前でしたから」

あの温厚な叔父をなにが激昂《げっこう》させたのか。

「今日、樋口どのはつとめですか」

きき終えて、麟蔵がきく。

「いえ、それがしと同様、非番のはずです」

そうですか、と麟蔵はうなずいた。

「長いこと、おつき合いくださり、感謝します。では、これにて失礼いたします」

勘兵衛は麟蔵のあとを追うように、外へ出た。

七

「それがしが国枝どのの行方知れずに関与しているなど、決してありませぬ」

権太夫は大仰《おおぎょう》と思えるほどに手を振った。屋敷にいきなり徒目付頭がやってきたことに、動転を隠せずにいる。

助けを求める目で勘兵衛を見るが、おぬしも仲間なのか、と非難するような色もわずかにのぞいている。

「叔父上」

勘兵衛は呼びかけた。

「すべて正直に述べられればよいのです。なにも怖れることはございませぬ」

勘兵衛は、この叔父がなにかしでかすような人柄でないことを熟知している。信頼して、いった。

その気持ちが伝わったか、権太夫はやや落ち着きを見せた。

三人がいるのは、樋口家の奥座敷だ。勘兵衛は幼い頃よく遊びに来ていたこともあって、懐かしい気持ちを覚えている。

風を入れるために半分だけあけられている障子の向こうの庭には明るい陽射しが注ぎこみ、庭の草木を輝かせているが、それはまだ刻限が朝の五つ半（午前九時）頃ということにすぎず、やがて猛烈な熱にさらされて、煮すぎた菜のようにしなだれてしまうのは見えている。

麟蔵が咳払いをして、権太夫の注意を自分に向けさせた。

「しかし、国枝どのが姿を消す直前、激しいいい争いをしたそうではありませぬか」

「確かにしましたが、あのような些細《ささい》なことがあったからといって、同僚になにかしようなど、決して思いませぬ」

「どういう争いだったのです」

「あれは……」

権太夫は天井を見つめ、記憶をたぐり寄せるような瞳をした。

「あの日、出仕した際、それがし、控えの間で国枝どのと顔を合わせました。そのとき国枝どのに、跡取りができたことに祝いの言葉を述べたのです」

国枝長八はていねいに礼を返してきたが、すぐに権太夫の跡取りについて触れてきたという。

「新太郎《しんたろう》のことについてですか」

勘兵衛は思わず口をはさんだ。新太郎というのは、叔父夫婦のあいだにようやくできた一粒種だ。今、三歳。

「そうだ」

権太夫はうなずき、続けた。

新太郎どのは息災ですか、ときかれ、おかげさまで、と権太夫は答えた。それはよかった、と長八はいい、首をかしげてみせた。でもまっすぐ歩けぬ、と耳にしましたが。いいえ、とんでもない、そのようなことはございませんぞ。いったい誰がそのようなことを、と権太夫はただしたが、長八は馬鹿にしたような笑みを浮かべてなにもいおうとしなかった。

祝いの言葉などいうのではなかったな、と後悔を胸に抱きつつ権太夫がその場を離れようとしたとき、長八が声をかけてきた。

どなたかに似てものすごく頭が大きいそうではないですか。そのせいでまっすぐ歩けぬと耳にしましたぞ。

これがいいたかったのか、と権太夫はさとり、さっと体をひるがえした。

それがしのことならまだしも、甥のことをあしざまにいうのは許しませんぞ。権太夫は食ってかかった。

ほう、どういうふうに許されぬのかな。かすかに腰を落とした長八は冷ややかな目をしている。刀は刀架にあって無腰だが、遣い手としての迫力が体からにじみ出ていて、権太夫は圧倒される思いだった。

だが、ここで負けるわけにはいかぬ、と必死に心を励まし、おぬしのような意地の汚い男を父に持った子供が哀《あわ》れだわ、と吠《ほ》えるようにいった。子供は父を選べぬからな。

その途端、長八は形相を変えた。意地が汚いだと。きさま、よくもいったな。

今にも取っ組み合いになりそうなところを、興村与一郎らがあいだに入ってくれて、二人をわけた。

「それがしのことでそのようなことが……知りませんでした」

勘兵衛はうなだれそうになった。

「気にするな、勘兵衛。おぬしのせいではない」

権太夫は、胸があたたかくなる笑みを見せ、それから麟蔵に顔を向けた。

「こういうことです。害意など抱くようなことではないことをわかっていただけたと思うのですが」

「ええ、よくわかりましたよ。それに、樋口どのがこの男を深く想っていることも」

麟蔵にしてはなかなか気のきくことをいった。

それに力づけられたように権太夫が続ける。

「それに、それがしが国枝どのをなにかしようと考えたところで、あれだけの遣い手にいったいなにができるものでしょうか」

「国枝どのは、どんな剣を遣うのです」

「徒目付どのが知らぬのですか」

「ええ、存じませぬ。教えてください」

「居合《いあい》です。確か、片波《かたなみ》流といったはずですが、国枝どのはその免許皆伝という話をきいています」

「この男とどちらが遣いますか」

「それがし、正直申しあげて、勘兵衛の腕を知らぬもので、なんとも」

「それはもったいない」

麟蔵は勘兵衛を見た。

「この男は相当のものですよ。あの豪快な剣を見ると、胸がすきます」

晴れやかな表情をつくったが、麟蔵は一瞬でもとに戻した。

「しかし、国枝どのはそのような皮肉をいう男ですか。でしたら、敵も多かったのではないですか」

権太夫は少し考える仕草をしたが、すぐに首を振った。

「どうでしょうか。それがしは存じませぬ」

八

樋口屋敷を出たところで、麟蔵に声をかけられた。

「勘兵衛、これで終わりだ。疲れたか」

「いえ、なにもしておりませんので、疲れなどありませぬ」

「疲れておらぬか。それなら、いつもと同じだろう」

麟蔵が空を見あげた。手で庇《ひさし》をつくって、目を細める。

中空にかかりつつある太陽は、先ほどまで南からやってきた雲に隠れていたが、すぐに幕があくように姿を見せた。まさに、これからが本領発揮の舞台だ。

「勘兵衛、あとは気持ちを面《おもて》にださぬよう常に心がけるようにしておけ」

徒目付としての心構えを説かれた。麟蔵は本気だ。

「勘兵衛、これからどうする。仕事に戻る必要はないぞ。今日一日、おぬしを借りる約束になっているからな」

「でしたら、屋敷に帰ります」

麟蔵はにやっと笑った。

「嘘をつけ。おまえがこれからなにをするかなどお見通しだ。どうせ、樋口に釈明する気でいるんだろうが。ではな、勘兵衛」

配下をしたがえて麟蔵が歩み去ってゆく。揺らめく陽炎のなかに冷たい風を呼びこむような急ぎ足の一団は、あっという間に道の向こうに消えていった。

さっそく訪いを入れた勘兵衛は、権太夫と向き合っていた座敷に導かれた。

「どういうことだ」

権太夫が目を怒らしてきく。

「その前に、叔父上」

勘兵衛は右手をあげた。

「茶を一杯、馳走《ちそう》していただけませんか」

「ちょっと待っておれ」

権太夫が座敷を出ていった。

戻ってきたときには妻の佳代《かよ》を連れていた。新太郎も一緒だ。

「ようこそいらっしゃいました」

佳代が敷居際で手をつく。新太郎も母にならい、同じ仕草をした。たどたどしく言葉をいう。

「いえ、こちらこそご無沙汰《ぶさた》をしておりました」

勘兵衛は新太郎に目をやった。顔形は自分には似ておらず、むろん、頭も大きくはない。新太郎は人並みだ。

「大きくなったな、新太郎。いくつだ」

新太郎は指を三本立てた。

「そうか、三つか」

「勘兵衛さま、どうぞ」

佳代に茶を勧められ、勘兵衛は遠慮なく湯飲みの蓋を取った。

うまかった。ぬるめにいれられていて、なめらかに喉をくぐってゆく。

「おかわりは」

「もうけっこうです。ごちそうさまでした。とてもおいしかったです。さすが叔母上です」

「相変わらずお上手ですね」

佳代は膝を進ませてきた。

「今日はどうされました。なんでも御徒目付頭どのとご一緒に見えたとか」

「こら、おなごが口をだすことではない」

権太夫がたしなめるようにいう。

「いえ。それがしはかまいませぬが」

勘兵衛にはむしろ、いてもらったほうが話が穏やかに進むのでは、という気持ちがある。

「そうか、勘兵衛がそういうのなら、俺はかまわんぞ」

勘兵衛の気持ちを見抜いたらしい権太夫がいった。

「あらためてきくぞ。どういうことだ。おまえ、御徒目付になったのか」

勘兵衛は事情を説明した。

「なるほど、飯沼どのに頼まれて……」

権太夫は納得顔だ。

「しかし、まさか叔父上の名が出るとは思いもしなかったので、仰天いたしましたよ。国枝どの以外にも四人の旗本が行方知れずになっているそうです。叔父上もお気をつけください」

「わしか、わしは大丈夫だろう。失踪すべき理由などない」

「それが、これまでの調べでは、いずれもそのような理由を持たぬ者が姿を消しているらしいのです」

「ふーむ、そうなのか」

「あなたさま、本当に失踪されるような理由はないのですか」

「当たり前だ。あるはずがない」

「あら、でもまたいろいろと画策されているらしいではないですか」

勘兵衛はぴんときた。

「まさか叔父上」

「誤解だ、勘兵衛」

「勘兵衛さま、そうなのです。妾を二人ばかり屋敷に入れられている同僚の方に入れ知恵されて、どうにかしたくてならないようなのです」

「こら、佳代。新太郎の前でいうようなことではないだろうが」

新太郎は少し不安そうな瞳をして、両親を交互に見あげている。

お佐美《さみ》、と佳代が廊下に向けて声を放った。すぐに女中らしい者が姿を見せた。

「新太郎を奥に」

新太郎はその女中に手を引かれて、姿を消した。よくなついている様子で、いやがるそぶりはまったく見せない。

佳代は権太夫に向き直った。

「男の人がどうして若いおなごばかりに目を向けるのか、私には不思議でなりませぬ」

「叔父上、見損ないましたぞ」

「ちょっと待て、勘兵衛。おぬしだって同じことを考えたことがあるだろう」

「ございませぬ」

「そりゃ、おまえがまだもらって間もないからだ」

「長いことおそばにいて、まことに申しわけございませんでした」

「待て。そういう意味ではない」

「叔父上、めとって久しい人すべてが妾を持つとは限りませぬぞ。それがしは、これからもずっと美音一人で十分です」

「おぬしはぞっこんだからだ」

いってから、権太夫はしまったという顔になった。

「あなたさまはそうではないのですね」

「いや、わしの気持ちがそなたにあることは、よくわかっているだろう。ああ、わかった。もういい。妾など入れぬ」

「本当ですか」

これは勘兵衛がきいた。

「ああ、本当だ。面倒くさくなった」

権太夫はうらみのこもった目を勘兵衛に向けてきた。

「ただし、勘兵衛。将来もしおぬしが妾を入れようなどと画策したら、わしは断固、阻止するからな。よく覚えておけ」

九

屋敷に戻り、蔵之丞に帰宅の挨拶をした。

「先に戻ってきた者から話はきいたが、飯沼どのに助力を頼まれたそうだな」

勘兵衛は、どういうことだったか、義父に心配をかけぬよう言葉を選んで説明した。

「結局はなにもなしか。よかったな」

「はい、ほっといたしました」

「飯沼どのも、しかしよく勘兵衛をつかってくれるよな。配下に勘兵衛以上の遣い手はおらぬのか」

「どうやらそのようです」

「そうか。そんなに我が婿は腕が立つのか。そういえば蔵之介も、素質がちがいすぎることをうらやましがっていたが」

「蔵之介がそのようなことを」

「自分を五十とするなら勘兵衛は百です、といっていたぞ」

義父のもとを下がった勘兵衛は廊下を歩きつつ、蔵之介との稽古を思いだした。誰と竹刀を打ち合ってても剣術はおもしろかったが、やはり蔵之介と立ち合うのは格別だった。

それは、差がなかったからだ。二人とも上達のためには骨身を惜しまないたちで、互いに剣を工夫し合った。そのことが勘兵衛には楽しくてならなかった。

しかし、その頃すでに蔵之介は、勘兵衛とのあいだに埋めがたい差を感じていたということなのだろうか。勘兵衛は蔵之介に負けぬよう、ひたすら努力を続けていただけで、蔵之介こそ目標だったというのに。

美音に着替えを手伝ってもらった。

「飯沼さまから、ご助力を頼まれたそうですね」

勘兵衛は顚末《てんまつ》を話した。義父に話すより、言葉を選ぶことはなかった。

「しかしいずれあなたさまを配下に招こうと思っているなど、飯沼さまは本当に買っておられるのですね」

わずかに目を見ひらくようにしたくらいで、美音はさしたる驚きを見せなかった。むしろ、予期していたのでは、と思えるほど平静な口調だ。

「反対ではないのか」

「あなたさまのお気持ち次第です。私は別にかまいませぬ。もともとあなたさまが御書院番のままでいられる人ではないのはわかっていました。もちろん、父と母もですよ」

「えっ、そうなのか」

「当たり前です、家族ですよ。……特に最近、鬱々《うつうつ》としていらっしゃるような感じがして、私は気の毒にすら思っていました」

「つとめがあること自体、ありがたくてならぬのは本心だぞ。小普請《こぶしん》に追いやられて、職を求めることに日々をすごすなんてことをせずにすむことにはとても感謝している」

「でも、退屈で仕方がない、ということでございますよね」

「この太平の世に、なにかを求めるほうがまちがっているのだろうが、血がたぎってどうしようもないときがある」

勘兵衛は言葉を切って、美音を見つめた。

「徒目付になることで、その欲求が満たされることになるかはわからぬが」

「でも、今のままでいらっしゃるよりはいいのではございませぬか」

「美音、本当にいいのか」

「もちろんでございます。飯沼さまのお目は確かでございましょう。私は安心しておりますよ」

それに、と美音は続けた。

「あなたさまのそのような生き生きとした目、久しぶりに見たような気がいたします」

そうか、そんなに死んだ目をしていたのか、と勘兵衛は思った。顔には出さないよう気をつけていたつもりだが、やはりそこは夫婦で、見抜かれないはずがなかったのだ。

「義父上はどういわれるかな」

「大丈夫でございましょう。父上は仕事熱心だったように見えますが、あれでずっと一刻もはやく隠居したくてならなかったそうですから。その理由は、仕事が退屈だから。他出もままならず、詰所にひたすら座っているのが苦痛でならなかったようです。兄に家督を譲り、隠居できたときには、心からほっとしたそうでございますよ」

そうだったのか、と勘兵衛は知らず頬がゆるむのを感じた。

もしや蔵之介も、と勘兵衛が顔をあげると、笑みを含んだ瞳にぶつかった。

「その通りでございます。兄上も口にこそだしませんでしたが、詰所にずっと座っているのはだいぶきつかったように見えました」

考えてみれば、つとめを終えた蔵之介と酒を酌んだとき、ずいぶん疲れた顔をしているのを一度ならず目にしたことがある。仕事そのものより、先輩や同僚との人づき合いのむずかしさを勘兵衛は考えていたのだが、もともと蔵之介は人に好かれるたちだったから、そのあたりはきっと如才なくこなしていたはずなのだ。

勘兵衛はふと部屋のなかを見まわした。

「史奈はどうしている」

「隣で寝ています」

勘兵衛は立ちあがり、襖を開けた。

小さな夜具のなかで、娘は穏やかな寝息を立てていた。幸せそうな寝顔だ。

この子は、と勘兵衛は気づいた。蔵之介のことを知らないのだ。当然といえば当然なのだが、そのことがとても悲しく感じられた。

蔵之介に顔を見せてやりたかった。どんなに喜んでくれただろうか。

「あなたさま、おなかはいかがでございますか」

うしろから美音がささやき声できいてきた。

「もう昼か。うん、減っている」

勘兵衛も低い声で返したつもりだったが、枝折戸《しおりど》がひらくように史奈がぱちりと目をあけた。

途端に大きな声で泣きはじめた。

「美音、史奈を頼んだぞ。食事はお多喜に頼む」

勘兵衛は台所に行った。

食事をしている供の者たちが立ちあがろうとするのを、そのままでいい、と勘兵衛は制した。

給仕をしていたお多喜が寄ってくる。

「おはやいお帰りで」

「俺にも食わせてくれ」

「こちらでございますか」

「ああ、みんなと一緒でいい」

だされたのは、鯖《さば》の塩焼きに、漬物、それになすの味噌汁《みそしる》だった。皆も同じ物を食べている。

さすがにお多喜で、どれも美味だ。勘兵衛は満足して箸を置いた。

「どうぞ、お茶です」

お多喜がなみなみと注がれた大ぶりの湯飲みを置いた。

「でもお多喜はさすがだな。古谷にいたときより、腕をあげたのではないか」

「おちまさんのおかげです」

若い頃から久岡家に仕えている古株の女中を、お多喜は持ちあげた。当主である勘兵衛にいえば、おちまの評価がぐんとあがることを見越しての、お多喜らしい心づかいだ。勘兵衛はおちまを呼び、うまい食事をつくってくれていることに礼をいった。おちまは感激の面持ちで下がっていった。

その後、昼食が十分にこなれてから、勘兵衛は庭で滝蔵、重吉の二人と向き合った。

竹刀を正眼に構える二人からは気合がしっかりと伝わってきており、その上達ぶりがはっきりとうかがえた。

「よし、いいぞ。二人ともどこからでもかかってこい」

剣のおもしろさに目覚めている重吉は、とにかく勘兵衛の面に打ちこむことをひたすらの目標としているようで、鋭い打ちおろしを何本も入れてきた。

筋としては重吉に劣る滝蔵も、気迫を前面に押しだして食らいついてきた。

半刻後、二人は庭にぶっ倒れ、肩で息をしていた。勘兵衛の着物も夕立でも浴びたかのように濡《ぬ》れていたが、それはとても気持ちのいい汗だった。

勘兵衛は満足して、稽古の終了を告げた。

十

鐘楼の向こうに太陽が沈んでゆく。あたりには、引きずるような暑熱が残っており、襟《えり》元や袖をべたつかせる。

雨でも降らぬかと頭上を見てみるが、青から紫に色を変えつつある空には雲一つなく、夕立の気配などどこを捜しても微塵もない。近所の者たちが盛んに打ち水をしているが、それもほとんど効果はないようで、人や荷車が通るたびに土埃《つちぼこり》があがる。

かすかに涼しさを感じさせる風が吹きはじめていて、それがほんの少しだけだが、ほっと息をつかせてくれる。

何人か山門の出入りはあったが、近在の檀家《だんか》らしい町人と、庭を見物に来たような、いかにも数寄者《すきしゃ》然とした商人らしい男二人で、興味を惹く人物は一人もいなかった。

このままなにも動きはないのかな、と安堵《あんど》の息をついたら、緊張が解けたせいか腹の虫が鳴いた。頭《かしら》にいわれて午前から見張りについて、腹に入れたのは竹筒の水だけだ。その竹筒もとうに空になっている。

夜になれば交代がやってくる。それまでの辛抱だが、空腹は耐えがたいものになってきていた。

また腹の虫の声をきいた。

そのとき、ひゅっ、という鋭い口笛が腹の虫を押しのけるように耳に飛びこんできた。まちがいなかった。裏口を見張る相方の合図だ。なにか動きがあったのだ。

太陽の最後のひとかけらが地平に消える寸前で、一気に濃くなった夕闇のなかを走りだした。

裏口のほうへまわると、屑入《くずい》れと天水桶《てんすいおけ》のあいだの隙間に身をひそませている影が手招いた。

「動いたぞ」

ささやくような声でいった。

「どこだ」

影が指さす方向を見る。

袈裟らしいものをまとった人影が、寺にはさまれた道を北に向かって歩いてゆく。

「一人か」

「ああ。ずいぶん緊張しているように見えた。血相が変わっていた」

「雁助《がんすけ》は」

飯沼麟蔵から配された小者だ。

「お頭のもとへ走らせた」

「よし、見失わぬうちに追おう」

二人は十分な距離を置いて、穣海をつけはじめた。

どこへ行くのか。

飯沼麟蔵がいうように、あの住職は一連の失踪に関し、なにかを知っているのか。失踪に関与しているのならいずれしっぽをだすとの麟蔵の目論見《もくろみ》から、昨日から張りはじめたのだが、もしかするといきなり当たりを引いたかもしれない。

穣海は急ぎ足で道を歩いている。ときおりうしろを振り返るが、町屋や一膳飯屋、煮売り酒屋などから路上に漏れこぼれている灯りを避けるように歩いている自分たちの姿をとらえることはできないはずだ。

　こちらは鍛えており、夜目がきく。もっとも、これだけの灯りがあふれていれば、見失う心配など無用だった。

　牛込通寺町を出た穣海は、すぐに道を左に取り、西へ向かいはじめた。

　牛込末寺町《うしごめすえでらまち》をすぎると、左手には若狭小浜《わかさおばま》で十万三千石余を領する酒井家の広大な下屋敷にかかる。ここは牛込矢来《うしごめやらい》下通、と呼ばれている道だ。

　酒井屋敷の塀が切れる直前、穣海は右に曲がった。牛込天神町《うしごめてんじんちょう》の町屋が両側に建ち並ぶ細い道を、北に向かって歩いてゆく。

　牛込中里村町《うしごめなかざとむらまち》を通り抜けた道からは一気に町屋が消え、両側は田んぼが広がる。そのなかを穣海の背中がぽつりと見えている。

　穣海がふと立ちどまった。かがみこみ、なにかをしている。

　と思ったら、ぽつりと淡い光が灯った。どうやら小田原提灯を折りたたんで懐にしまっていたようだ。

　蛙が鳴いている。雲はないが、雨が近いのかもしれない。それとも蛙も雨を望んで、雨乞《あまご》いをしているのか。

　田を吹き渡る風はずいぶん涼しく、汗が心地よく引いてゆくのが感じられた。

　このまままっすぐ進めば関口水道町《せきぐちすいどうちょう》だが、穣海は江戸川から引かれているらしい水路に架かる小橋を渡ると左に折れた。

すでに完全に日は暮れており、西の空に夕焼けの名残すら見つけることはできない。夜が江戸の町を支配下に置いており、そのおかげで穣海に尾行していることをさとられずにすんでいる。

「どこへ行くつもりなのかな」

低い声できかれたが、その問いに答えるすべは持たなかった。

「この先はなにがある」

「あそこに見える屋敷は、井伊《いい》家の抱屋敷だ。その先になにがあるかは知らぬ」

穣海は井伊屋敷の塀に道がかかる直前、右に曲がり、江戸川沿いの道に出た。

やがて激しい水音がしてきた。

関口の滝とも呼ばれている大洗堰《おおあらいせき》だ。ここで神田上水を江戸川からわかれさせ、江戸の城下に送っている。

関口村に入った穣海は駒塚橋《こまつかばし》を渡り、見あげるようにそびえる崖《がけ》下の道に出た。そのまま西へ歩いてゆく。

江戸川とわかれた道は下高田村《しもたかだむら》に行き着き、府内八十八ヶ所の十五番札所の南蔵院《なんぞういん》を迂回《うかい》するように進んでいる。

南蔵院をすぎると、道はまたも田んぼに包みこまれる。ぽつりぽつりと百姓家の灯りが見えるほかには、大名家の下屋敷や抱屋敷、大身の旗本の下屋敷などが視野に入ってくる程度で、あとは深い林が散見できるだけだ。

かすかに水音がしているのは、道が江戸川から引かれた用水に沿っているからだ。

穣海がどこまで行くのかわからないが、ただ、いつからかいやな気配が発せられている気がしてならない。

相方も同じ気持ちでいるらしく、目配せするような視線を送ってきた。

何者かが闇のなかからじっと見つめているのだ。まちがいない。

穣海の姿が、左にゆったりと曲がる道の脇にある藪《やぶ》の陰に隠れたとき、その藪から一人の男が出てきた。

行く手をさえぎるように仁王立ちをしている。男は深く頭巾《ずきん》をしていた。

背後にも気配を嗅《か》いだ。もう一人、同じ格好をしている男がいた。

二人とも容易ならざる遣い手であるのははっきりとわかった。

二人の男はすらりと刀を抜いた。

なめらかな足さばきですすと進んでくる。

こちらも抜き合わせ、振りおろされた刀を打ち返した。きん、と鋭い音がして、火花がぱっと散った。

うしろで悲鳴をきいた。相方の声だ。

思わず振り返る。血しぶきをあげて、地面に倒れこむところだった。

駆け寄ろうとした。だが、その前に風のうなりをきいた。刀が眼前に迫っていた。

かろうじて撥ねあげた。うしろからもう一人の男が近づく気配がする。

そちらを気にした途端、目の前の男が袈裟斬りを浴びせてきた。それを受けようとしたが、刀が消え失せた。

　いきなり下段から冷たく光るものがあらわれた。飛びすさろうとしたが、間に合わなかった。左のももを刀がかすめた。

　痛みはなかったが、やけに袴が重く感じられた。

　袴が、川にでもはまったかのように濡れている。血脈を断たれたのだ。

　急所である太ももの血脈。もともとそこを狙う剣であるのを知ったが、もうおそかった。

　簞笥からするりと抜ける引出しのように体がぱたりと倒れた。

　もうなにも見えない。梟《ふくろう》のような目をもってしても、なにも視野に入ってこない。

　手足の感覚もなく、全身が冷えている。まるで死の霜がおりてきたかのようだ。

十一

いったいここはどこなんだ。

磯部里兵衛は呆然として、まわりを見渡した。

どこかの座敷牢《ざしきろう》らしい場所で目を覚ましたときも驚いたが、そこに二人の男がずいと入りこんできたときもびっくりした。

その二人に連れだされ、このなにもないところに連れてこられたのだ。

そのとき逃げだすことも考えたのだが、男たちから発せられている気は紛れもなく殺気だった。身のすくむような恐怖にがんじがらめにされて、結局はなにもできなかった。

男たちはなにをきいても答えず、ただ無表情な横顔を見せているだけで、里兵衛には見覚えがまったくなかった。

かすかに血の臭いをさせていたようにも感じたが、定かではなかった。

暗い。日が落ちてかなりたつようで、あたりは闇に覆われている。

ただ、どこからかかすかな灯りが漏れているようで、おぼろ月のような淡い明るさが、ならされたように平坦《へいたん》な地面を浮かびあがらせている。

ゆったりと吹く風に流される霧がその灯りを映す幕のように見え、その霧がうすくなったところを通して、ときおり林らしいものが望見できる。

里兵衛はそちらに向かって歩みだした。頬に当たる霧がずいぶん冷たく、まるで晩秋の山中にでもいるかのようだ。

どうしてこんなところにいるのだろう。

里兵衛は歩を進めつつ首をひねった。だが、なにも思いだせない。頭のなかに厚い雲がかかっているかのようだ。

しかし、歩き続けているうちに雲がとれてゆくようによみがえってきたものがあった。

あれは昨日なのか。それとも、もっと前なのか。

ともかく、善門寺を訪問し、穣海といつものように歓談した。

仕事のことや妻のことなど愚痴をきいてもらい、その後、厠に行った。

小用を足そうとしたとき、いきなり両側から腕を取られた。なにが起きたのかわからなかったが、身の危険を感じて、あらがおうとした。

だが、腹に拳を入れられ、さらに首筋に打撃を受けた。

気を失う直前、寺の裏門を出てゆくのだけは確かめることができた。

(俺をさらったのは、さっきの二人ではないのか)

里兵衛は足をとめた。

目の前にあるのは板塀。ただ、かなり高く、一丈半は優にある。とてもではないが、乗り越えることなどできそうにない。

塀に手を当てながら歩いた。なだらかな丸みを持つ塀は延々と続いている。

ここは、とようやく気がついた。一文銭みたいな形をしている馬場のようなところだ。今、自分は一文銭の縁に沿って歩いているにすぎない。

それにしてもなぜこんなことを。そして誰が。あの二人は何者なのか。

本当に一度も会ったことはないのだろうか。

二人の顔を脳裏に思い浮かべた。

一人は丸顔で、眉が太く、鼻が潰れたように低かった。目は大きく、どこか柔和な商人のような笑みが頬に見えていた。

もう一人は目がひどく冷たかった。性格も酷薄そうで、人を殺すのに蟻《あり》や蚊を殺すも同然に刀をつかいそうに感じられた。

鼻筋が通った顔は役者にしてもいいような男前だが、抜き身のような雰囲気を漂わせている男で、不用意に近づけば、一刀両断されそうにすら思えた。

横合いから足音がきこえてきた。

目をやると、霧のなかでなにかが光を鈍く弾《はじ》いた。

目を凝らす。それは漆《うるし》の光沢を持つ刀の鞘《さや》だった。

次に足があらわれた。そのあとに体が続き、顔が霧を破るようにぬっと突きだされた。

里兵衛は目をみはった。

「おぬしは」

ほんの二間ほど先に立っているのは、穣海だった。

「助けに来てくれたのか」

安堵が滝となって胸のなかに流れこんでくる。

「ほっとしたよ。それにしても和尚、ここはいったいどこなんだ」

穣海は答えない。冷ややかな目で、ただじっと見つめているだけだ。

「どうしてなにもいわぬ」

穣海が刀を抜き、鞘を投げ捨てた。

「なにをする」

穣海の全身に殺気がこめられ、それが熱となって発せられてゆく。

穣海が無造作に近づいてきた。袈裟はまとっていない。小袖を身につけ、袴をはいている。まるで増沢穣《じょう》太《た》郎《ろう》と名乗っていた頃を彷彿《ほうふつ》させる。

「ちょっと待て、穣太郎」

思わず昔の名で呼んでいた。

「俺だ、里兵衛だ。わからぬのか」

穣海が刀を振りあげた。今にも振りおろされるのがわかり、里兵衛はあわてて逃げた。

音もなく穣海が走り寄ってくる。

ほとばしりそうになる悲鳴を抑え、里兵衛は懸命に駆けた。

穣海の息づかいが間近できこえる。直後、ひゅっと風を切る音がした。

間一髪で里兵衛はよけた。

穣海が刀を胴に振った。里兵衛はこれもかわした。

さらに逃げた。すぐに塀にぶつかった。

塀に沿うようにして走ったが、穣海が先まわりをして待ち構えていた。あわてて体をひるがえしたが、穣海の足の運びは若い頃のままで、あっという間に前途をふさがれた。

息が苦しい。ここ何年も稽古をしていないせいで、体がなまりきっている。胸を突き破りそうな勢いで心の臓が動悸《どうき》を打っている。喉が焼けるように熱く、呼吸をするたびにひどく痛い。

「あきらめろ、里兵衛」

穣海がはじめて声を発した。わずかに息があがっているのが感じ取れるが、自分のように肩を上下させてはいない。

「なぜだ、穣海。なにゆえこんなことを」

「知りたいか。知りたいだろうな。あの世に行けば、閻魔さまが教えてくれる」

穣海が刀を握り直した。かすかに、ちゃっ、という音がきこえた。

絶望感が里兵衛を襲った。もう逃げられない。ここで死ぬのだ。こんなどこことも知れぬわけのわからない場所で。

それでも、足が勝手に動きだしていた。自分の足とは思えないような、よたよたとした走りで、今にもつまずきそうだ。

気づくと、目の前に穣海がいた。自然に足はとまってしまっている。

「里兵衛、覚悟」

いい放った穣海の腕が動いた。

左肩に重い石でもぶつけられたような感触。

桶を一気に一杯にしてしまうほどの勢いで、血が流れだしている。ほとんどが着物に吸いこまれてゆくが、やがて軒から垂れる雨のように地面にしたたりはじめた。

うつつのことなのに、まだ信じられない気分がどこかにある。

膝をついた。目の前が暗くなってゆく。

いつの間にか穣海は刀ではなく槍を手にしていた。突きの姿勢に構えているのがかすかに見えた。

白い光がまっすぐ突き進んでくる。体を貫かれたのはわかったが、里兵衛は痛みをまったく感じなかった。

槍が引き抜かれたときには、すでに磯部里兵衛は息絶えていた。

穣海は槍を引き戻した。

懐紙を取りだし、穂先をていねいに拭く。それから地面に置いてあった刀を拾い、刀身をきれいにぬぐった。何度か繰り返し、血も脂も取り払われたのを確かめてから、鞘にしまい入れた。

「お見事でした」

男が笑顔で寄ってくる。反対側からも笑みを浮かべて別の一人が近づいてきた。

二人とも相当の手練《てだれ》だ。対してみたことはないが、そのことははっきりとわかっている。

「いかがでしたか、磯部里兵衛を殺した感触は」

「すっきりしましたよ」

穣海は死骸を見た。

「この男は愚痴ばかりで、旗本の当主でいられることがどんなに素晴らしいことか、まるでわかっていなかった。虫けらにも劣るこの男を、これ以上生かしておきたくなかったですから」

「それはよかった」

「それにしてもいい槍ですね」

穣海は軽く持ちあげてみせた。

「ほしくなりましたよ」

「刀はいかがでした」

「こちらもかなりのものですね。でも、やはりこの槍のほうが拙僧、いや、それがしはほしいですね」

「では、差しあげますよ」

「えっ、いいのですか」

「ええ、かまいませんよ。土産《みやげ》に持っていってください」

「ありがとうございます」

「ただし、冥土《めいど》のですけどね」

笑みを浮かべている男の顔がなぜか悪鬼に見えた。

身構える間もなく、穣海は風が切り裂かれる音を背後にきいた。

熱湯でもかけられたのでは、という熱さが背中を襲う。女のような悲鳴が口から飛びだした。

目の前の男が刀を無造作に振りあげた。光が一閃する。

肩を思い切り殴られたような衝撃があり、体が縮んだ気がした。いつの間にか背中の熱さは消え失せている。

血がものすごい勢いで地面を濡らし、血だまりをつくってゆく。

穣海には、眼前の光景が信じられなかった。ばたりとうつぶせに倒れこむ。闇が急速に深さを増してゆく。

「どうして……」

これが、穣海がこの世に残した最後の言葉だった。

十二

穣海に動きがあったとの知らせを受けて、麟蔵は屋敷を出た。善門寺の前まで来て、二人の帰りを待った。

だが、ときがむなしくすぎてゆくばかりで、二人は戻ってこない。六つ（午後六時）前に寺を単身で出た穣海を二人は追っていったらしいのだが、いったいどこへ行ったのか。

（まさか……）

いやな気持ちが心を占めてゆく。焦燥にも似た思いが、肩に重くのしかかってくる。

（いや、あの二人ならしくじるようなことはあるまい）

麟蔵が信頼している二人だ。経験も深い。

四つ（午後十時）の鐘がどこからかきこえてきた。考えたくはなかったが、二人の身になにかあったのはまちがいなさそうだ。二刻も連絡がないなど、徒目付にはあってはならないことだ。

「穣海は北へ向かったのだな」

知らせをもたらした雁助にただす。

「はい。あっしがお頭のもとへ走りだしたとき、この道をまっすぐ歩いてゆく住職の姿をはっきりと見ましたんで」

それから先が問題だった。

麟蔵は道を進んだ。大通りに突き当たる。正面に見えているのは、確か正源寺《しょうげんじ》とかいう寺の山門だ。

この大通りを右に行けば、六町ほどで牛込門だ。左は牛込矢来下通となる。

ただ、闇が深々と横たわっており、夜目がきくといっても探索には限界がある。

ここは、日がのぼるのを待つしかなさそうだ。もはや万が一かもしれないが、二人から連絡があることだって考えられないことはない。

善門寺の前に戻ってきた。

山門はかたく閉じられている。穣海は戻ってきているのだろうか。

なかに入ることも考えたが、寺社奉行の許しを得ることなく勝手をやれば、罰がある。

罰などより配下のほうが心配だったが、頭のかたい役人どもは、たったそれだけのことで麟蔵の身柄の拘束など平気でしてのける。

ここで動きを縛られることは避けなければならない。麟蔵は歯噛《はが》みする思いで、山門の前に立ち続けた。

夜が明けた。東の空が白んでいる。

低い雲が垂れこめているせいで、それほど急には明るくはなってこないが、いずれ太陽があがってくれれば、雨戸がひらかれたように陽が射しこんでくるはずだ。

二人からのつなぎは途絶えたままだ。

夜明け前に、配下を寺社奉行のもとへ走らせてある。奉行の許しが出次第、善門寺に踏みこみ、まずは穣海がいるかどうかを調べる。いれば厳しく事情をきく。いなければ、寺男《てらおとこ》やほかの者に話をきく。

六名の配下を二人ずつ組にし、姿を消した二人を見た者がいないかききこみをさせている。ただし、決して人目のないところには行かないよう、厳しく命じてある。

そうなのだ。二人になにかあったのなら、どこか人目のないところで危害を加えられたにちがいないのだ。

二人は遣い手だった。勘兵衛並みとはいわないにしても、そこいらの旗本など足元にも及ばないほどの腕を誇っていた。だから、簡単にやられてしまうようなことはないと思うのだが、もし勘兵衛と同等の遣い手が出てきたとしたら……。

（もしや二人はもうこの世におらぬのでは）

胸に錐《きり》を差しこまれるような痛みを覚えた。

麟蔵は首を振り、その思いを振り払った。

寺社奉行のもとに走らせた配下はまだ戻ってこない。ときがたつのをただ見送るのは、むなしくて仕方がなかったが、今はほかにどうしようもない。

雲を蹴散《けち》らすようにのぼってきた太陽は地面を焼き尽くしかねない光を放ちはじめている。どこに目を向けても陽炎が立ち、強烈な日光にあおられたような熊蟬のけたたましい鳴き声は、耳へじかに飛びこむ勢いだ。

四つ（午前十時）近くになって、ようやく配下が駆け戻ってきた。

「どうだ」

「はい、許しはいただいてまいりました。これがその書状です」

配下が差しだした一葉の紙を麟蔵は受け取った。ひらいて目を落とす。善門寺への立ち入りを許可する旨が記されていた。

麟蔵は、かたく閉じられた山門を叩いた。

なかなかあかなかったが、激しく叩き続けていると、ようやく向こうに人が立った。

どちらさまでしょう、ときくので、麟蔵は答えた。そっとくぐり戸がひらいた。

「徒目付さまがどのようなご用件でしょう」

寺男らしい者が顔をのぞかせて、たずねる。

「和尚に会いたい」

寺男は顔を曇らせた。

「それがいらっしゃらないのです」

「どこへ行った」

「それもわからないのです」

「いつ出かけた」

「昨日の暮れ六つ（午後六時）前でございます」

やはり穣海は戻っていなかった。

「なかに入らせてくれんか。寺社方の許しはもらっておる」

麟蔵は書状を手渡した。寺男は確かめることなく、くぐり戸を大きくひらいた。

麟蔵は、さっき戻ってきたばかりの配下をしたがえて、境内に足を踏み入れた。

きれいな寺だ。本堂も庫裏も新しく、陽射しを受けて瓦葺きの屋根が輝いている。庫裏の前にある庭には泉水があって、小川のせせらぎのような涼しげな水音を響かせている。

麟蔵は本堂の軒下まで歩いて、陽射しを避けた。

「和尚がどこへ行ったか、心当たりはないのか」

ついてきた寺男にただす。

「申しわけございません」

体を縮めるようにした。

「一人で、行く先を告げずに出かけたのか。こんなことはよくあるのか」

「ここ半年以内でしょうか、これまでに三度ほど。以前はどこへ行くにも手前を供にされていたのですが」

「その三度だが、いつもその日のうちに帰ってこなかったのか」

「いえ、いつも夜おそくですが、戻ってこられました」

「何刻頃だ」

「四つ前には必ず」

寺男はそこで気がついたように不審げな表情をした。

「あの、でもどうして御徒目付さまがご住職のことを」

麟蔵はいえるだけのことは教える腹をかためた。

九ヶ月前から旗本の行方知れずがはじまっており、ついこのあいだ、磯部里兵衛の行方も知れなくなった。その旗本たちの失踪に、穣海は関与している。

「そして昨日」

驚きに目をみはっている寺男に、麟蔵は言葉をぶつけた。

「この寺を張っていた俺の配下の行方も知れなくなった」

麟蔵は庫裏に目をやった。

「穣海の持ち物を調べさせてもらう」

「いえ、でも勝手をされては」

「寺社奉行の許しは得てある、と申しただろうが」

にべない口調でいって、麟蔵は庫裏へ歩き、沓脱《くつぬ》ぎで草履を脱いだ。草履をくるりとまわし、腰障子をひらく。

なかは整頓《せいとん》されて、清潔感が漂っていた。

配下とともに、簞笥や行李《こうり》、文机《ふづくえ》、書棚などを引っかきまわすように調べたが、手がかりと思える物はなに一つ出てこなかった。

麟蔵は、襖の上の壁にかけられている槍に目をとめた。

「これは穣海の持ち物か」

沓脱ぎのところに立って、麟蔵たちをひやひやする瞳で見守っていた寺男にきく。

「はい、若い頃、道場では槍術をお習いになっていたそうですから」

「遣い手か」

「ご自身ではたいしたことはないようなことをおっしゃっていましたが、磯部さまの話ではかなりの腕ということをおききしました」

「これは、その当時の槍か」

「いえ、ついこのあいだお買い求めになったものでございます」

「どこで」

「四谷《よつや》の武具屋でございます。確か、水口屋《みずぐちや》といったと存じますが」

「購入するのに、なにかきっかけがあったのか」

「いえ、四谷の檀家を訪ねられた帰り道、近所にあったその武具屋がお目にとまったらしいのですが。槍をご覧になって、若い頃の血のたぎりを覚えたというようなことをおっしゃっていました」

「その武具屋とは親しいのか」

「いえ、さほどでもなかったと。その槍をお買い求めになったあと、二度か三度足を運ばれたくらいだったでしょうか」

「磯部以外に和尚と親しかった者は」

「いえ、手前にはわかりません。頻繁に訪ねていらしたのは磯部さまだけでした」

「檀家にはおらなんだか」

「もちろん法事などの際は親しげに言葉をかわしていらっしゃいましたが、友としてのおつき合いはなかったものと」

「友は磯部だけだったか」

「はあ、そのように存じます」

これ以上引きだせることもなさそうだ。麟蔵は配下をうながして、門の外に出た。

十三

「久岡どの」

いつものように詰所で正座をして目を閉じていると、横から人に呼ばれた。

御書院番の用を受け持つ小者だ。廊下に徒目付頭の使いが来ているという。

勘兵衛は組頭の佐々木隆右衛門に了解を取ってから、小者とともに廊下に出た。

目つきが鋭く、いかにもといった感じの男が立っていた。顔にも見覚えがある。麟蔵に影のごとくつき添っている男だ。

用件をきくと、麟蔵からの呼びだしだった。もう一度詰所に入り、隆右衛門にしばらく席を外すと告げた。

隆右衛門は渋い顔をしたが、許してくれた。

「御徒目付頭どのの呼びだしでは断るわけにもいくまい」

襖の外に出るとき、視線を感じて勘兵衛はちらりとその方向へ目を向けた。

橋口喜太夫、土門文之進、萩原弥三郎の三人が、いかにも興味深げな目で見ていた。

黙礼をして勘兵衛は外に出た。

廊下を徒目付とともに進む。

徒目付の詰所のだいぶ前でとめられ、ここでしばらく待つようにいわれた。

やがて、先ほどの男と一緒に麟蔵が姿を見せた。

一睡もしていないようなずいぶん疲れた顔をしている。目の下にはくまもできていた。

「そこへ」

麟蔵が手近の襖を指さす。勘兵衛は麟蔵の背中を追って、座敷に入った。

「なにかありましたか」

麟蔵の真向かいに正座して、問うた。

麟蔵は低い声で告げた。

勘兵衛は仰天した。

「あの住職のあとを追った徒目付が二人、行方知れず……しかも、あの住職も帰ってきておらぬのですか」

「勘兵衛、俺の護衛についてくれ」

麟蔵が眉間にしわを寄せて、いった。

「二人を連れ去る真似ができる男がもしあらわれるのなら、俺では太刀打ちできぬ。勘兵衛、腕を貸してくれ」

麟蔵は懇願の表情だ。この男がこんな顔をするなど、よほど深い闇が横たわっているのだ、との確信に勘兵衛はとらわれた。

「むろん、俺が必要と思うときでいい。そのときはすぐに護衛についてほしい」

「わかりました。それがしでよければ」

麟蔵は静かに息を吐いた。

「かたじけない、勘兵衛」

「ただし、組頭への根まわしは、飯沼さんのほうからお願いします」

「ああ、まかせておけ」

勘兵衛はどういう経緯で二人の行方が知れなくなったのか、事情をきいた。

麟蔵は語ったが、先ほどきいた以上のことはまだわかっていないようだ。

「六名の配下の方たちからは、まだ報告は入っていないのですね」

「ああ、なにもな」

麟蔵は立ちあがった。

「勘兵衛、ちょっと出るぞ。さっそく頼む。ついてきてくれ」

廊下を大玄関に向かって進みはじめたが、麟蔵は立ちどまった。

「そうか、先に佐々木どのに了解を取っておかねばまずいか」

先に大玄関に行っているようにいわれ、勘兵衛は廊下を歩きだした。その前に控え室に行き、刀と弁当を取ってきた。それから大玄関の切妻《きりづま》屋根の下で麟蔵を待った。

麟蔵は一人でやってきた。配下の男の姿は見えない。

「了解は取った」

「飯沼さん一人で出かけるのですか」

「ああ、やつは詰所に居残りだ。外に出ている配下から連絡があった際、俺の居どころを知る者がおらぬでは困るからな」

途中、供の者たちを拾い、いつものように滝蔵と重吉を残してあとは屋敷に帰した。

勘兵衛は滝蔵に弁当を渡した。

「ところで、どこへ行くのです」

「四谷の武具屋だ」

その店には四半刻もかからずに到着した。

四谷坂町《よつやさかまち》の左門殿町《さもんどのちょう》という道に面していた。水口屋という扁額が頭上に掲げられている。

二人が入ってゆくと、奥の間にいた店主らしい男が下におりてきた。

「いらっしゃいませ」

明るい声で、如才なさを覚えさせる男だ。額に二本の深いしわがあり、それが顔を老けさせているが、逆に武具に対する知識の深さを感じさせる。体は小柄で、五尺三寸もないだろうが、筋骨は隆々として、商売人らしからぬ俊敏さがある。

店自体はそんなに広くはないが、かなりの品ぞろえで、特に刀剣類が充実しているように勘兵衛には思えた。

右手奥に見事な甲冑《かっちゅう》が二つ並んでいる。特に左側の甲冑は袖と草摺《くさずり》、さらに面頰《めんぽお》も金色で、一際目を惹く。

「おぬしがあるじか」

身分を明かして麟蔵がきく。

正之助《しょうのすけ》と申します、と主人は頭を下げた。すっと顔をあげる。

「御徒目付さまが、どのようなご用件でしょう」

「穣海和尚を知っているな」

あるじはいぶかしげな顔をした。

「はい、存じております。善門寺のご住職ですね」

「このあいだ、ここから槍を買っていっているな」

「その通りです。三ヶ月ほど前でしょうか。あの、ご住職がどうかされましたので」

「行方知れずになった。それで、住職と一度でも話をかわしたことがある者をすべて当たっている」

「そうでございましたか。しかし、申しわけございません、手前がご住職と話をしたのはあのときと、その後二、三度だけでございます。お役に立てそうなことはなにも……」

「住職は、買い求めた槍をそのまま手にして帰っていったのか」

「いえ、後日、お届けにあがりました。手前ではなく、手代がご住職に手渡しました」

「住職は、この店を前から知っているようだったか」

「いえ、最初はふらりと入ってこられました。それで、そこの壁に立てかけてあった槍に目をとめられまして。お値段は安くないものですから、かなりお悩みになった末、お買いあげに」

「邪魔をした」

麟蔵は暖簾を払った。

「勘兵衛、今の店主をどう見た」

真夏の太陽が身を包む。勘兵衛は、その光のまぶしさに目を細めた。

「商家のあるじとは思えない身のこなしのやわらかさがありましたね。あれで町人としたら、町道場で相当稽古を積んだ口ではないですか」

「俺も、今の男、もとは武家では、という感触を持った」

「怪しいと思われましたか」

「どうかな。今のところ、なんともいえぬ」

麟蔵は躊躇《ちゅうちょ》のない足取りで歩き続けている。

「次はどこへ」

麟蔵が足をとめたのは、麴町三丁目横町通に位置する旗本屋敷である。そこは穣海の実家の増沢家の屋敷だ。

当主の増沢武兵衛《ぶへえ》は在宅していた。御納戸役だが、今日は非番だった。

穣海の実弟だが、背は五尺ほどしかないようで、勘兵衛からはかなり小さく見えた。顔のつくりもあまり兄には似ておらず、どこか幼さが感じられる。黒目がずいぶんと澄んでおり、白目も白すぎるほどだ。そのあたりが幼子を連想させるのかもしれない。

武兵衛は、善門寺から知らせを受けて兄の行方知れずについてはすでに知っていたが、どこへ行ったのか、まるで心当たりを持っていない。

ここ何年も法事などで顔を合わせる以外は往き来がなく、兄がつき合っている者など一人も知らないとのことだ。

武兵衛の面にも、兄を心配している様子はまったくといっていいほどあらわれておらず、今はもう赤の他人も同然のようだ。

勘兵衛たちはなにも収穫を得ることなく、増沢屋敷をあとにした。

第三章

一

「お忙しいところ、こんなことでお呼びしてよろしいのかと思いましたが」

珠左衛門《しゅざえもん》がそっと腰を折った。下高田村の村役人で、かなり富裕な百姓家の当主だが、誰に対してもていねいな言葉づかいをする、とても温厚な男だ。

「稲葉さまにご覧になっていただきたいのは、これでございますよ」

せまい道一杯に、油がしみだしたようにどす黒いものが広がっている。

腰をかがめた七十郎は指ですくい、においを嗅いだ。むっと顔をしかめる。

「血だな。しかもこんなにおびただしく」

「人の血なのでは、と思うのですが」

「確かにな。獣の血とは思えぬ」

七十郎は、血だまりが二つあることに気づいた。

「しかも二人みたいだな」

刀で斬られたのでは、との思いを七十郎は持った。おそらく昨夜だろう。それにしても死骸はどこへ行ったのか。これだけ出血して、生きていられるはずもない。

七十郎は立ちあがり、珠左衛門を見つめた。

「誰が見つけた」

珠左衛門が、幸松《ゆきまつ》、といって一人の百姓を手招いた。

「この男です。幸松と申しまして、そこの田と畑の持ち主です」

「見つけたのは今朝《けさ》か」

「はい。最初は気がつかず、気がついたあとでも血とは思いませんで。でも臭いを嗅いだらどうも血みたいで、それで珠左衛門さんに連絡をしました」

「このあたりは夜になると人けは絶えるのだろうな」

「はい、それはもうぱったりと」

「珠左衛門、だが、なにか見ている者がいるかもしれん。村人をくまなく当たってみてくれ。それでなにかわかったら、また知らせをよこしてくれ」

「承知いたしました」

七十郎は清吉を連れて、道を戻りはじめた。この前の活躍で右馬進は単独での町廻りを認められ、今頃は本所のほうを歩いているはずだ。

「でも、旦那、死骸はどこに行っちまったんでしょうかね」

「二つだからな、荷車で運び去ったと考えるのがふつうだろう」

「それにしても、旦那、死骸が見つからないことにはどうしようもありませんねえ」

「そうだな。今、とっつかまえるべきは付け火だな」

もちろん、塩川鹿三郎の失踪も気になっているし、大八殺しの下手人もあげなければならないが、今は放火犯を一刻もはやく捕縛するよう、寺崎左久馬に厳命されている。

付け火と思える火事はここ十日ほどのあいだに八丁堀からもそんなに離れていない町で三件、立て続けに起きている。

なぜ奉行所の者の探索を放ってまでこちらを優先するのかといえば、ほんの二日前、付け火と思える火事があったばかりなのだが、南からの風が強かったこともあり、大火となって十八名もの命が奪われているからだ。

付け火というはっきりした理由は、ある商家の裏の屑箱《くずばこ》に火を放った男を見た者がいたからだ。

それが五日前のことで、そのときはぼやですんだが、二日前は大惨事となってしまったのである。

将軍のお膝元《ひざもと》ということもあり、火事に乗じて江戸城を攻められることを極度に公儀が怖れているということもあるが、新たな犠牲者が出る前に下手人をあげるのは、江戸の治安を守ることを生業にしている者にとって至極当たり前のことだった。

十日前の火事は弓町《ゆみちょう》、五日前のぼやが兼房町《けんぼうちょう》、そして二日前の大火が芝口新町《しばぐちしんまち》で起きている。三つの町は、いずれもそんなに離れていない。弓町がやや遠いが、芝口新町からは八町ばかりの距離でしかない。

おそらく下手人はこのあたりに土地鑑のある者にちがいなく、七十郎は清吉を連れて下手人を目撃した者がいないか、芝口一丁目、二丁目、そして二葉町《ふたばちょう》できこみをはじめた。

まず、表も裏も問わず長屋に住む者を徹底してきいてまわった。

ところてん売り、金魚売り、水売りなど夏ならではの行商人たちにも話をきいた。あたりを行きかう商家の手代や丁稚《でっち》たちも漏れなく当たった。

しかし、なにも得られなかった。

七十郎は足をとめ、手のひらで額の汗をぬぐった。着物もぐっしょりになっている。七月も五日になっているのに、陽射しは一向に衰えを見せない。雨もずっと降っていない。

湯屋に行きたいな、とふと七十郎は思った。

「旦那、ありゃなんですかね」

清吉が指さす方向、二葉町の幸橋《さいわいばし》そばの大通りに人垣ができている。

七十郎たちは近づき、背伸びをしてのぞきこんだ。

そこでは宝珠《ほうじゅ》の傘を差したしゃぼん玉売りがいて、しゃぼんを盛んに吹きあげていた。

五色に輝く光の玉の群れが風に流されてゆくたびに、見物人から歓声やどよめきがあがる。子供たちからは、ほしい、ほしい、ほしいよという声が盛んにきかれる。

「旦那、見事なものですねえ」

清吉が嘆声を漏らす。

「ほしくなったか」

「いえ、子供じゃねえんで」

「そうか。買ってやってもよかったんだが」

清吉は一瞬、惜しそうな顔をしたが、すぐに首を振ってしゃきっとした。

「いい歳をした大人がしゃぼん玉を吹いてる図ってのは、ぞっとしませんねえ」

七十郎たちはその場を離れた。

「ほんしぶうちわ、ならうちわ、さらさうちわ、ほぐうちわ」

重ねた大量の団扇《うちわ》を天秤棒《てんびんぼう》につるした団扇売りと行き合った。

七十郎はさっそく声をかけたが、付け火に関して知っていることはなかった。

それから、団子売り、西瓜《すいか》の切り売り、鰻《うなぎ》売りなど立ち売りの者にも話をきいた。

しかし、誰も怪しい人影を見てはいない。

「誰も見てませんねえ」

清吉が悔しげにいう。

「そんなに簡単に手がかりがつかめるものではないことは、よくわかっているだろう。清吉、腹が減ったのか」

「その通りです。もうぺこぺこです」

刻限は昼近い。暑さも相当なもので、精がつく物を腹に入れておかないとこれ以上もちそうにない。

七十郎はあたりを見まわし、十間ほど先に一膳飯屋があるのに気づいた。まだそんなに混んではいない。

「そこでいいな」

二人は、大島屋《おおしま》と看板が道に出ている一膳飯屋に入った。

七十郎は烏賊《いか》と蛤《はまぐり》の焼き物がそろいで入っている膳を、清吉は鰺《あじ》と鮭《さけ》の塩焼きが一緒になっている膳を注文した。

「こういうのはいいですねえ」

清吉が鰺の身をほぐしながらいう。

「ちがう味を楽しめますから、なにか得した気分になりますよね」

「そうだな、烏賊も蛤もうまい。特にこの蛤の身の大きさはどうだ」

「この鮭も、見てください、脂がしたたるようで、抜群ですよ」

「本当だな。よし、これからこの店は贔屓にしよう」

茶をおかわりして喉の渇きも癒した二人は満足して箸を置き、代を支払った。

「ああいういい店に当たると、仕事に身を入れられるというか、よしやるぞって気分がわいてきてうれしくなりますよね」

強烈な陽射しを浴びているにもかかわらず、清吉はにこにこしている。その夏の子供みたいに真っ黒に日焼けした笑顔を見て、七十郎も心弾むものを感じた。

「探索もうまくいくのでは、という気分になるよな」

そのときだった。七十郎は男のものらしい悲鳴をきいた。

そちらに目を向ける。半町ばかり先に、人の輪ができている。

また悲鳴がきこえ、堪忍してください、というような声が続いた。

七十郎はすぐに向かった。

「どうした」

人の壁をわけるように前に進む。

大身の旗本らしい侍が、団扇売りを打擲《ちょうちゃく》していた。一膳飯屋に入る前、行き合った団扇売りにまちがいなかった。

路上に倒れこんでいる団扇売りは、汗と血と土で顔が真っ黒だ。団扇があたりにばらまかれたようになっている。

「どうしたんです」

進み出た七十郎が声をかけると、侍はぎろりとした瞳を向けてきた。

血走ったようなよどんだ目をしており、酒臭さがあたりに漂っている。

「邪魔をするな」

そういった途端にごほごほと咳きこんだ。肺病とかそういう重い病ではなく、どうやら風邪でもひいているようだ。

咳はすぐに消えたものの、真っ赤に染まった顔はまだ苦しそうだ。

「事情をきいているのです」

七十郎は、侍のうしろに控えている供の者にちらりと目を向けた。供は六人だが、誰もがすまなそうに目を伏せるようにしている。

「事情だと。事情はだな」

だみ声で語ったこの侍によれば、いきなりこの団扇売りがよろけるようにぶつかってきたのだ、という。

七十郎は舌打ちしたい思いだった。侍の酔い方からして、明らかに逆だろう。

「もう勘弁してやったらいかがです」

七十郎は穏やかにいった。

「また邪魔立てするのか」

「またとおっしゃいますと」

「ああ、きさま、二度目だろう」

七十郎は侍をじっと見つめた。

「いえ、お会いするのははじめてではないですか」

侍が目を細めて、凝視してきた。

「そうかな。……ふむ、そのようだな。わかった。今日はおぬしの面目《めんぼく》を立ててやろう」

七十郎から視線を転じ、団扇売りを見た。

「だが、いいか、また同じ無礼をしたら、今度は殴るだけではすまんぞ。叩き斬ってやる。覚悟しておけ」

いい放って侍は刀に手を置いた。一目で業物《わざもの》と知れるすばらしい刀だ。腕も、酔っていなければ相当に遣いそうに感じられた。

団扇売りにぺっと唾を吐きかけるや、侍は足を踏みだした。

供たちが七十郎に一礼してあとを追う。

まったくとんでもねえ馬鹿侍だな。ああいうのはとっとと取り潰しにしちまえばいいんだよ。あのままお堀にでも落ちないかねえ。

町人たちのかわすささやき声が、七十郎の耳に届いた。

気持ちはよくわかる。ああいう男を目にすると、同じ侍として町人たちに顔向けできないほどの気恥ずかしさを覚える。

七十郎は団扇売りを抱き起こした。清吉が散乱した団扇を拾ってやっている。ほかの町人たちも手伝っている。

「大丈夫か」

「はい、なんとか。お助けいただき、ありがとうございます」

「災難だったな」

「はあ、いきなり向きを変えてあっしのほうに。あれでこちらからぶつかったなどといわれては……」

「ほら、これをつかえ」

七十郎は懐から手拭いを取りだした。

「いえ、けっこうです。あっしも持ってますから」

団扇売りは手にした手拭いで顔を拭いた。

清吉が集めた団扇を手渡した。

「ありがとうございます」

「まあ、気をつけてくれ。俺からはこれぐらいしかいえん」

「わかりました。では、これで失礼いたします。ありがとうございました」

団扇売りは立ち去った。

「ああいうの本当に打ち首にしたほうがいいですよね」

清吉が憤懣《ふんまん》やるかたないといった顔でいう。

「旦那、どうかしたんですか」

「いや、さっきの旗本がいった、また、という言葉が引っかかっているんだ」

「ああ、そんなことといってましたね。でも会うのは本当にはじめてですよね。だいぶ酔ってましたから、黒羽織を見ただけでそう思ったんじゃないですかね」

「かもしれんな」

七十郎はいって、歩きだそうとした。

不意に目の前に二つの影が立った。

「稲葉さま」

丸みを帯びたかわいい声だ。

七十郎は陽射しのまぶしさに、左手で庇をつくった。

「ああ、喜美江どの」

声の主は右馬進の妹の喜美江だった。すらりとした立ち姿が美しく、顔もいわゆる瓜《うり》実顔《ざね》で、いかにも女らしい娘だ。

「稲葉さまらしい働きでしたね」

「今のか。町人を守るのは同心として当然のつとめだからな」

「でも、なかなかできることではありませんよ。勇気がいります」

「ああ、そうだ。縁談がととのったそうだな。おめでとう」

ありがとうございます、と喜美江はいったが、そんなにうれしそうには見えない。

「わたくし、ずっと稲葉さまに憧《あこが》れておりましたのに……」

「えっ」

七十郎はたじろぎかけた。

喜美江がぺろりと舌をだす。

「嘘です。ずっと憧れていたのは、こちらの娘さんです」

喜美江のうしろに隠れるようにして、喜美江と同い年くらいの娘がいる。

ぱっちりとしたという形容がぴったりの目は大きく、鼻筋の通った鼻は高い。ほどよく引き締まった口許にはやわらかな笑みがたたえられ、顎はなだらかな曲線を描いている。小さな耳はほんのりと桜色に染まっていた。

七十郎は思わず目を奪われた。

「こちらはおこうちゃん」

喜美江が紹介する。

「同じ生け花の師匠に通っているんです。性格がまじめで明るいから、すぐにお友達になれたんですよ」

「いえ、そんな」

よく澄んだ声で、聡明さを感じさせる。

「おこうちゃん、前にも稲葉さまが同じように町人の男の人を助けたことがあるのを目にしていて、それからずっと憧れ続けていたみたいなんですよ」

「いつのことかな」

「一月ほど前です。先ほどのような大身のお侍ではなく、ご浪人でしたけど」

それで思いだした。

夕暮れ間近のことだった。稲荷寿司の立ち売りの男に、浪人者が因縁をつけていたのだ。まずい、金を返せ。五つも食べておいてからいわれたので、男のほうも頭に血がのぼり、いい返したのがまずかった。

腰から引き抜いた刀の鞘で、さんざん打ち据えられたのだ。そこへやってきたのが七十郎だった。浪人者を押さえこみ、大番屋に引っ立てたのだ。

「あの稲荷寿司のおじさんは、私の隣の長屋に住んでいるものですから、助けていただいてすごくうれしかったんです」

「いや、仕事だからな。特別なことをしたわけではない」

「でも、すごくうれしかったのは本当です」

おこうが頬を輝かせていう。それがまぶしく思えた七十郎は、そうか、といった。

「花はもう長く習っているのか」

「いえ、まだはじめたばかりです。ですから、喜美江さんにいろいろと教えてもらっている最中なんです」

あくまでも控えめな口調だ。

七十郎はおこうに惹きつけられるものを覚えた。

二

小気味いい鹿威しの音が響いてくる。

赤坂裏伝馬町《あかさかうらてんまちよう》三丁目にある料亭境屋《さかいや》。木々に背後を囲まれた離れ。あけ放たれた障子戸の正面には庭があり、池越しに涼やかな風を送りこんでくる。鯉が虫でもつかまえるのか、跳ねる姿がときおり見える。

右手に立つ木々の向こうは道になっているが、その先にかすかに見える長大な塀は、紀州《きしゆう》家の上屋敷のものだ。

紀州家の屋敷の方角が西で、昼間のあいだ戦意をあらわにしていた太陽もようやく矛《ほこ》をおさめる気になったようで、今は落ち着いた橙《だいだい》色で西の空を染めているにすぎない。油蟬の鳴き声がしているが、うるささはなく、むしろあたりの静けさを強調するものになっている。

木下治部右衛門《きのしたじぶえもん》は徳利を持ち、正面に座る橋口喜太夫の杯を満たした。

「さっそくですが、ご用件は」

「またお願いしたい」

「わかりました。ご希望は」

「それなんだが、今回は人を指定させてもらいたいのだ。かまわぬかな」

「もちろんですよ。どなたです」

「久岡勘兵衛をお願いしたい」

喜太夫がいい、土門文之進と萩原弥三郎の二人が深くうなずいた。

「久岡勘兵衛。確か、同じ書院番でしたね」

「おう、ご存じか」

真剣な顔で喜太夫が続ける。

「これまではそちらにまかせ続けてきたが、今回だけは、是非とも久岡勘兵衛をお願いしたい」

柔和な丸顔に笑みを浮かべて、治部右衛門は残念そうに首を振った。

「すでに先客がおります」

喜太夫が驚きを顔に刻む。

「なんですと。つまり、もうよそから依頼がきているということですね」

「その通りです」

「誰です、久岡を指名したのは」

「それは申せませぬ」

「そうでしょうな」

喜太夫がわずかに顔をしかめた。

「いつ指名があったのです」

「そうですね、もうかれこれ半月以上前のことですか」

「そんなに前ですか。しかし、やつは今もぴんぴんしておりますぞ」

「それが、うまいこと導けないのですよ」

「どういうことです」

文之進がきく。

治部右衛門は語った。

「なるほど、そういうことですか。久岡勘兵衛はすごい遣い手ですからな。誘いこむ手立てに窮《きゅう》するのも無理からぬこと」

「しかし、我らならやれますぞ」

喜太夫が自信たっぷりにいいきった。

「我ら、といわれましたが、つまりお三方でやるおつもりですか」

「むろん。あれだけの遣い手、一人ではなかなかやれるものでは。しかし、この三人なら、きっとうまくゆきましょう」

治部右衛門は喜太夫を見つめた。

「久岡を誘いこむにあたり、どのような手立てをお考えなのです」

喜太夫が、文之進と弥三郎を交互に見た。二人は、いいでしょう、とばかりに首を縦に動かした。

喜太夫は杯を取りあげ、一気に干した。唇に垂れたしずくをなめて、話しはじめた。

「こういう手段をとろうと三人で話し合いましたが、木下どのはどう思いますか」

「久岡と近しいお三人ならでは、という手立てですね。悪くないと思います。いや、十分にいけるのではないでしょうか」

「木下どのにそういわれると、我らも力がわく気がしますよ」

喜太夫が喜色をあらわにした。

「な、木下どの、どうであろうか、先客に久岡勘兵衛を我らにまかせてくれるよう、いってもらえぬだろうか」

治部右衛門は考えこんだ。すっと立ちあがり、障子際まで行って外の風景を眺めた。もはや夕闇《ゆうやみ》とはいえず、目の前の木々の影さえ見わけがたい。油蟬の鳴き声もいつしかやんでいる。夜が巨大な幕を広げ、江戸の町を圧しようとしていた。

静かに障子を閉め、行灯に火を入れる。それから再び正座をした。

「そんなにまでして久岡を」

「木下どのはやつがどれだけ手練か、ご存じないからそんなことをいわれるのですよ」

文之進がいい募る。

「あの男と対したときを考えると、血が騒いでなりませぬ」

「その通りです」

弥三郎が口を添える。

「あの悪鬼のようだった西橋星之佑の前に立ちはだかり、押さえこんだ腕を目の当たりにしたとき、それがしは鳥肌が立ちましたよ」

「その話は拙者もきいております」

治部右衛門は三人を心配そうな眼差しで見やった。

「しかし大丈夫ですか」

治部右衛門は正直、危ぶんでいる。久岡勘兵衛のことは依頼があってから十分すぎるほど調べた。この三人が束になっても相手にならないのではないか。

(とにかく、まずは先客に話してみることだな)

治部右衛門は顎を一つなでた。

「わかりました。折衝してみましょう。それで向こうが了承すれば、お三方にやっていただきましょう」

「ありがたい」

喜太夫が手のひらを打ち合わせ、徳利を取りあげた。どうぞ、と勧める。

一礼して治部右衛門は杯で受けた。一気に干してから、喜太夫にたずねる。

「もし先方が承諾したとして、いつ取りかかるのです」

「承諾が出るものとして、はやめに取りかかるつもりでいますよ。久岡勘兵衛に怪しまれることのないよう、自然にね」

三

夜が明けて、二刻はたった。

空に雲らしい雲はなく、今日も太陽は頭上に一人君臨し、地上を容赦なく熱している。

七十郎は今日も清吉とともに付け火の下手人の探索に当たっていた。

下手人を捜していくつかの町を巡回しているうち、ここ半年ほどで行方知れずになっている者がかなりいるのがわかってきた。

商人、職人、大工など、十数名の行方が知れなくなっている。男だけでなく女も何人かいる。いずれも分別のある大人ばかり。

町役人を通じて、町奉行所に失踪の届けはだされている。失踪の理由がはっきりしている者もいたし、していない者もいた。

「旦那、どういうことなんでしょうかね。ずいぶん多いような気がしますよ。塩川の旦那の行方知れずと関係があるんでしょうか」

「どうだろうかな」

七十郎は首をひねった。

「江戸全体でいえばもっとになるんだろうが、わからんな。理由が見当たらぬといっても、結局はほかの者の言葉だからな。本人には、家族にすらいえぬ悩みがあったのかもしれんし」

それでも清吉のいう通り、数の多さが気になっているのは事実だった。

放火犯のききこみを続けながら、ほかの町でも失踪した者がいないか、きいてみた。

やはりいた。

だが、博打《ばくち》でこさえた借金があったり、商売がうまくいかなくなったり、病気であることを悩んでいたり、と明確な理由がある者がほとんどだった。もちろん、家族にすら失踪の理由がわからない者もなかにはいたのだが。

「ごっちゃになってますね、旦那」

「そうなんだよな、そのあたりがよくわからんところだ」

七十郎は足をとめた。

「それにしても清吉、腹が減ったな」

「ええ、もう昼はとっくにすぎてますからね。今日はよく働きましたよ」

「昨日の店に行くか」

へへへ、と清吉が笑った。

「なんだ、なにがおかしい」

「あのあたりに行けば、おこうちゃんでしたっけ、昨日の娘に会えると思ってらっしゃるんじゃないんですか」

「馬鹿をいうな」

あれ、と清吉がおどけたようにいう。

「どうやら図星だったみたいですね」

「うるさい、さっさと行くぞ」

七十郎は歩きだした。

「旦那、あっしは応援しますよ。あのおこうって娘はとても気性がよさそうだ。あの娘なら、旦那にぴったりだと思いますよ」

「うるさい。しばらくその口を閉じておけ」

「娘っ子のことになると、けっこう奥手なんだよな。町娘が騒ぎ立てるような男前なんだから、もっと自信を持ちゃいいのに」

二葉町の幸橋近くまでやってきた。目当ての大島屋は刻限が昼をだいぶすぎていることもあって、さして混んではいなかった。

座敷にあがった七十郎は、昨日清吉が頼んだ品物を注文した。清吉は目刺し鰯《いわし》に、鰯の刺身の膳を頼んだ。

「ここはなんでも二つなんですね。飽きなくていいですね」

鯵も鮭もうまく、今日も七十郎は満足した。

代を払い、二人は再び暑さのなかに足を踏みだした。

大島屋で飲んだばかりの茶が汗となって噴きだしてきたような気さえする。

「旦那、しかし暑いですねえ」

「清吉、いうな。よけい暑くなる」

「わかっちゃいるんですけど、なぜかいわずにいられないんですよねえ。それにしても旦那」

清吉がきょろきょろとまわりを見渡す。

「今日はいませんねえ。残念ですねえ」

「うるさい」

七十郎たちは御堀沿いを南に進み、汐留橋《しおどめばし》を渡って木挽町《こびきちょう》に入った。

木挽町七丁目で付け火のききこみを終え、六丁目に移ろうとしたとき、子供の悲鳴らしい声がきこえてきた。

「清吉、どこだ」

清吉は首をまわし、指をさした。

「あっちのほうですよ、旦那」

七十郎は駆けだし、清吉があとを追ってきた。

越後新発田《えちごしばた》五万石の溝口《みぞぐち》家の中屋敷と大身の旗本らしい屋敷にはさまれた道を、南へ走る。

「あそこですよ」

再び清吉が指さした。

そこも武家屋敷の無愛想な塀にはさみこまれた道だった。

塀際に数名の子供が集まって、盛んに足を動かしている。

「子供をいじめてるんじゃないですかね」

「そのようだ」

七十郎はその場に駆けつけた。

「こらっ、なにをやっているんだ。弱い者いじめをするやつは、牢に連れてゆくぞ」

「うわあ、お役人だ」

「おっかねえ、はやく逃げろ」

泡を食ったように子供たちが逃げ散ってゆく。一人が足をもつれさせて転んだが、すぐに立ちあがった。子供たちはあっという間に道の向こうに消えていった。

塀際に、体を縮めている男の子がいた。六、七歳か。

「もう大丈夫だ。起きろ」

七十郎がやさしくいうと、男の子はこわごわと目をあけた。

「あいつらいなくなったの」

「ああ、追い払った」

安堵の色を表情に浮かべて、男の子はよろよろと立ちあがった。

「怪我《けが》をしているな」

左足から血が出ている。けっこうな出血だ。

「清吉、膏薬《こうやく》を持っているな」

清吉が取りだした印籠《いんろう》から傷にいい薬を手にし、七十郎は塗ってやった。

男の子が顔をしかめる。

「しみたか。男の子なら我慢しろ。名はなんていうんだ」

男の子は答えた。

「そうか、太助《たすけ》か。いい名だな」

七十郎は印籠を清吉に返した。

「どうだ、歩けるか」

太助はおそるおそる歩いてみた。おぼつかない歩きだ。無理をすれば歩き続けられるだろうが、ちょっと見ていられそうもない。

「家はどこだ」

南小田原町《みなみおだわらちょう》とのことだ。ここからだと仙台橋《せんだいばし》、三之橋《さんのはし》、本願寺橋《ほんがんじばし》と三つの橋を渡れば着く。木挽町から南のほうは水路が縦横に走り、橋がまるで島と島をつないでいるような感じになっている。

「よし、おぶってやろう」

七十郎が背中を見せると、太助は意外に素直に乗ってきた。

「旦那、あっしが」

「たまにはいいよ」

「でも、そんなところを番所の者に見られたら、あっしが責められちまいますよ」

その通りだ。七十郎は太助を清吉の背中に移した。

「どうしていじめられたんだ」

顔を並べるようにして、七十郎はきいた。

「あのなかに同じ名の子がいるの」

「太助がもう一人か」

「それで、このあたりじゃ太助は俺一人でいいっていいって……」

いかにも子供らしい理由だが、考えてみれば大の大人だって、あとからきけばなぜというようなくだらない理由で、人を殺してしまうことが多々ある。

青空に突き立つような築地《つきじ》本願寺の本堂の屋根を左側に見ながら、足を運ぶ。この巨大な屋根は海上からもはっきりと見え、江戸の海を行く船の格好の目標となっている、ときいている。

築地本願寺はもともと浅草にあったが、明暦《めいれき》三年（一六五七年）の大火で焼けてしまい、この地に移ってきた。聖徳太子がつくったと伝えられる阿弥陀如来《あみだにょらい》が本尊だ。

本願寺橋を渡り、南小田原町に入った。自身番に顔をだし、町役人と挨拶をかわした。

太助が案内する道を進み、弥八店《やはちだな》という裏長屋の木戸の前に七十郎は立った。

「ここか」

太助がうなずく。

「右側の四つ目」

七十郎は店の障子戸を叩いた。

「姉ちゃん、いる。俺だよ」

障子戸に人影が映り、すぐにひらかれた。

「どうしたの、太助、そんな大声だし……」

「おぬしは」

七十郎は絶句した。

「あれ、娘さんは」

清吉もびっくりしたように声をとめた。

「お役人、姉ちゃんを知ってるの」

「ああ、昨日会ったばかりだ」

七十郎は我に返ったように、言葉を放った。目の前に立っているのは、喜美江と一緒にいたおこうという娘だ。

太助は清吉の肩口から顔をのぞかせて、へへへと笑った。

「姉ちゃん、きれいでしょ。お嫁さんにしたいでしょ」

「馬鹿、なにいってるの。どうしてそんなところに。はやくおりなさい」

「怪我をしているんだ」

七十郎がいうと、えっとおこうは目をみはった。

七十郎は事情を説明した。

「そうなんですか。またこの子……」

どうやら、太助がいじめられたのははじめてではないようだ。

「あの、こちらにお願いできますか」

おこうにいわれ、清吉は割れ物でも置くように慎重に太助を畳におろした。

「そうか、おぬし、住まいはこちらだったのか」

七十郎は店のなかを見た。六畳一間に台所があるだけの、江戸にいくらでもある長屋だ。

「ええ」

おこうは気恥ずかしそうにした。

「旦那、あんまりじろじろ見ちゃまずいですよ」

「ああ、すまなかった」

七十郎はおこうに目を戻した。

「二人で暮らしているのか」

「ええ」

両親はどうしたのかききたかったが、まだそこまで問えるほど親しくはない。

「姉ちゃんは一膳飯屋で働いてるんだ。すごくおいしいから、お役人、一度食べに行ってやってよ」

「ああ。店はどこに」

「山城町《やましろちょう》にあります。浅井屋《あさいや》といいます」

「今日は」

「私、休みをもらったんです。店はやっていますけど」

「では、これから花に」

「ええ、そのつもりです」

おこうは小さな笑みを見せた。その笑顔に七十郎は引きこまれる気がした。

「最近、給金があがってお花に通えるようになったんです」

「おいらが勧めたんだよ」

太助が自慢げにいう。

「お花を習えば、少しは女らしくなるんじゃないかと思ってさ」

「こら、なにをいってるの」

おこうは、あっという顔をした。

「失礼しました。弟がお世話になったのに、お茶もださずに」

「いや、いいよ。俺も仕事に戻らなければならんし。太助、またな」

「必ず食べに来てよ」

「ああ、必ずだ。ではこれで。会えてうれしかった」

きびすを返した七十郎は胸がどきどきしている。

「旦那、いいましたね」

木戸を出たところで清吉に冷やかされた。

「会えてうれしかった……あの娘もきっとうれしかったと思いますよ」

清吉が顔をのぞきこむようにする。

「運命を感じた、てな顔をされてますね」

その通りだった。太助を助け、そしてあの娘のもとに導かれた。これが運命でないはずがない。

「馬鹿をいうな」

「なに照れてるんです。正直におっしゃったほうが身のためですよ」

「照れてなどおらん。うるさいやつだな。しばらくその口を閉じておけ」

四

二日太陽に熱せられていたこともあるのか、今はもうかすかにその痕跡が見えるだけだ。

勘兵衛は腰をかがめて、二つの血のあとを見つめている。二つの血痕のあいだには、およそ一間の距離がある。

横では麟蔵がかがみこんで、じっと見入っている。

「飯沼さん、これが本当に二人のものなら、やはりお二人は」

これだけおびただしい血が流れ出てしまったら、まず生きていられるはずもない。

「まだ二人のものと決まったわけではない」

じっと目を落としたまま麟蔵がいう。

「その通りですね。すみませんでした」

だが、麟蔵が覚悟を決めているであろうことは、その苛立《いらだ》たしげな口調からはっきりとわかる。

この血痕のことを麟蔵に知らせてきたのは、ききこみにまわっていた二人の配下だった。

今日の昼、その二人は同僚の行方を追い求めてひたすら足を延ばし続けていたのだが、下高田村まで来て、この血だまりのことを村人からきかされたのである。

刀で殺《や》られたようだな、と勘兵衛は思った。しかもおそらく一刀のもとに。でなければ、こんなにきれいに血痕が二つだけになるはずがない。二人はこの場にくずおれたのだ。

勘兵衛には、その光景が目に浮かぶようだった。

二人は一人の遣い手に殺されたのか。

いや、ちがう。二つの血痕の距離が近すぎる。おそらく不意をつかれるようにちがう方向から別々に殺害されたのだろう。二人以上の者の犯行だ。

それにしても、死骸はどこに行ったのか。

「名主《なぬし》」

麟蔵が呼びかけた。

「一昨日の晩、荷車を曳《ひ》いている者を見かけた者はおらぬか」

下高田村の名主で、珠左衛門と名乗った男は首をかしげ、顎の肉をつまんだ。

「一昨日の晩ですか。今のところ、そういう話はきいておりませんが、調べましょうか」

「そうしてくれ」

麟蔵が立ちあがった。

「名主、この先にはなにがある」

「この道は、その用水沿いに続いておりまして、江戸川にぶつかって終わっております」

「行きどまりということか。枝わかれしている道はないのか」

「もちろんございます。畦《あぜ》も同然ですが、右手に行ける道が幾筋かございます」

珠左衛門が腕で示す方向を勘兵衛も見た。

いくつか、大身の旗本のものらしい下屋敷が見える。

麟蔵が、二町ばかり北に建つ大きな建物を指さした。

「あれは明石《あかし》八万石松平家の抱屋敷だな」

「はい、その通りで」

「左側に連なっているのは」

新見《にいみ》、大草《おおくさ》、大久保《おおくぼ》だったな、とすらすらと名をあげた。いずれも大身の旗本だ。

「はい、その通りで」

珠左衛門の顔には、さすが、という敬意の色があらわれている。

「あの林の奥に見えている屋敷は、寄合《よりあい》の田口《たぐち》家の下屋敷だな。石高《こくだか》は確か、五千五百石だったか」

寄合というのは、三千石以上の大身の旗本で、無役の者をいう。

「ええ、ご大身でございますよね。あのお屋敷まで行きますと、もう下落合村《しもおちあいむら》なのですが。敷地は一万七千坪といわれる広さでございますよ。明石さまのお屋敷の倍以上あると評判ですから、このあたりではいちばんのお屋敷ではないでしょうか」

「そうか、そんなに広いのか」

麟蔵がつぶやくようにいった。視線を転じ、もう一度血痕を見つめる。

「忙しいところ、すまなかったな」

名主に礼をいって、麟蔵が歩きはじめた。目は道にじっと当てられている。

新しい轍《わだち》を捜しているのは勘兵衛にもわかった。

だが轍は道の至るところにあるし、牛馬の糞《ふん》もそこら中に転がっている。このなかから、二人の死骸を運び去った荷車の轍を捜しだすのは至難の業だ。

「飯沼さん」

勘兵衛は麟蔵の背中に声をかけた。

「どうして死骸を運び去ったのでしょう」

「そんなのは簡単だ」

それきり麟蔵は黙っている。

「どうしてです」

勘兵衛は再びたずねた。

「簡単だといったはずだ。勘兵衛、少しは自分で考える癖をつけろ」

にべなくいわれてむっとしたが、麟蔵のいうことにも道理があるように感じられて、
勘兵衛は頭を働かせはじめた。

死骸をそのままにしておけない理由があった。それは明白だ。徒目付の死骸を放置してその死を知られたら、本気になって探索の手が入る。そのことを怖れたのだ。

勘兵衛はそのことをいった。

「それだけではないぞ」

勘兵衛は再び考えはじめた。そうか、とすんなりと答えが出た。

「この地が関係していることを知られたくなかったのですね」

「そういうことだな」

満足げに麟蔵がうなずく。

「死骸を放置しておけば、徒目付がここまでやってきたことが知れる。となれば、当然我らの目はこのあたりに向く。それがいやで、死骸を隠したんだ」

「しかし、でしたら血痕をなぜあのままにしたのでしょう」

「もともと血のあとなどたいして気にしなかったのだろう。夜だったから、見えにくかったというのもあるのかもしれん。洗い流すことを考えたのかもしれんが、ときも手立てもなかったんだろう。あるいは、血痕が残った程度で我らに目をつけられるとは思っていなかったのか。それに、善門寺から遠く離れたここまで、まさか徒目付が足を延ばすとは思ってもいなかったのだろう」

ふん、と麟蔵が鼻を鳴らした。

「徒目付を甘く見たといえるのかもしれんな。……勘兵衛」

「なんでしょう」

「二人を殺したのは」

そこで言葉をとめた。麟蔵もついに、二人がこの世の住人ではもはやないことを認めたのだ。

「何人だと思う」

勘兵衛は先ほどの考えを伝えた。

「最低二人か。だろうな。勘兵衛、おまえなら徒目付を二人相手にして、一刀のもとに殺せるか」

「無理です。いくら不意をついたとしても、できることではないと」

「そうか。しかし、いずれにしても二人を殺したのは遣い手だよな」

「それはまずまちがいないものと」

「つまり、腕がよすぎたことがやつらの仇《あだ》となったともいえるのだよな。一刀のもとで殺さなければ、あれだけ大量の血が残ることはなかった。残らなければ、村人に不審の心を呼び起こすこともなかった。勘兵衛」

語調をやや高めて麟蔵が呼びかけてきた。

「相手は相当の手練ということになるが、やり合う自信はあるか」

「むろんです」

勘兵衛は間髪容れることなく答えた。湯がわくように戦意が全身にたぎりはじめている。

「敵は必ず、それがしが討ってご覧に入れます」

五

田口兵部《ひょうぶ》は軽くうなずいた。

「先方は別に文句もいわず、か」

「御意《ぎょい》」

木下治部右衛門は頭を下げた。

「誰が代わりにやるのか問われもしませんでしたから、久岡勘兵衛に対し、さほどの思いを抱いていなかったのかもしれませぬ」

「そうか、ならよい」

兵部が茶を喫する。背筋のすっと伸びたいい姿で、茶の点前《てまえ》はたいしたものだ。

「もっと飲むか」

三畳間の茶室で、そばの茶釜《ちゃがま》の湯が音を立てている。茶道では松風と呼ばれるものだが、治部右衛門にはこれが松の木を吹き渡る風の音にきこえたことがない。

「いえ、もう十分にいただきました」

そうか、と兵部がいった。小さな目が奥に引っこみ、鼻も丸く、口も大きいが、なかなか味のある顔をしている。耳が人一倍大きく、そのなかでも耳たぶは風にすら揺れるのでは、と思えるほど大きい。

「それにしてもその久岡勘兵衛という男、もてもてじゃの」

「書院番一といわれる遣い手です」

「ほう、そんなにすごいのか」

治部右衛門は、この前、殿中で起きた事件について語った。

「ほう、その久岡が素手での。それだけの腕なら、わしも見てみたいものではあるな」

「それでしたら、お三方がやる際、見物なさったらいかがでございますか」

「そうさせてもらうか。その三人には、了承をとったことをもう教えたのか」

「はい、先ほど会って伝えました」

「喜んだであろう」

「はい、欣喜雀躍《きんきじゃくやく》というのはまさにこういうのを指すのでは、と思えるほどの体《てい》でございました」

「それはちと大袈裟のような気がするの。それはそうと、あちらは進んでおるのか」

治部右衛門は眉をひそめ気味にした。

「どうした、治部右衛門らしくもない自信なげな顔じゃの」

「正直申しあげまして、二人目ということで少しときはかかっております」

「ときさえあればやれるのだな」

「御意」

兵部は腕を組んだ。

「手はずは考えてあるのだな」

「もちろんでございます」

「そうか。進みがおそいということであろうが、おぬしの力量なら大丈夫であろうよ。このわしが太鼓判を押す」

「畏れ入ります」

兵部が身を乗りだす。

「ところで、治部右衛門。もうだいぶ貯《た》まったか」

「これまで二十一名が入会しております」

「すると、二千百両か。あちらは、一人当たり二十両であったな」

「は。これまでのあがりは五百六十両ということになっております」

「合わせて二千六百六十両か。まずまずの稼ぎではあるな。最初は高く、あとは格安、というやり方はよかったな」

用人はあるじを控えめに見た。

「なんだ、治部右衛門、なにかいいたいことでもあるのか」

「いえ、二十両というのはあまりに安すぎた感がなきにしもあらず、と思いまして」

「確かにな。もっと取ってもよかったが、そのくらいが妥当なところではないか。人というのは、欲をかくとろくなことがない」

兵部が治部右衛門を見直す目をした。

「まだいいたいことがある顔じゃの。はっきりいえ」

「では、申しあげます。そろそろ店じまいをすべきでは、とそれがし、考えております。徒目付に目をつけられた穰海、そして徒目付を二人始末したことは申しあげましたが、先ほども徒目付らしい目つきの鋭い男が下高田村、下落合村のあたりを嗅ぎまわっておりましたし、飯沼麟蔵という徒目付頭が、徒目付を始末した場所にあらわれ、下高田村の名主から話をきいていたようにございます」

「治部右衛門、徒目付を始末したのはまずかったのではないか」

「いえ、あのときはああするより手立てがなく、それがしの判断は正しかったと今も考えております」

「そうか」

「殿、このまま店じまいをしてしまえば、残りの二十名のうち、誰一人として殿のことは存じませぬゆえ、徒目付どもの手が及ぶこともありませぬ」

兵部は苦い顔をした。

「ふむ、おぬしがそこまでいうとはの」

「徒目付頭が凡庸なたちなら、脅威になど思いませぬが、飯沼麟蔵という男、かなりのやり手との話がきこえております」

「殺してしまえばどうだ」

「それも正直、考えました。しかし、どうやら久岡勘兵衛が飯沼の護衛についたようなのです」

「まことか。しかし書院番がなぜ徒目付頭の護衛など」

「どうやら飯沼のほうから根まわしがあったようで、このまま久岡は徒目付に移るのかもしれませぬ」

「書院番が徒目付に。珍しいことがあるものだな。久岡という男、そんなに切れるのか」

「剣の腕は一流でしょうが、頭のほうはどうでございましょうか」

「剣は一流か。治部右衛門、おぬし、やり合ったら勝てるか」

「むろんでございます。一撃で両断してやります」

「自信満々じゃな。しかし、三人が久岡の始末をつけてくれれば、おぬしの出番ということはないがな。そうだ、久岡が死んだあと、その飯沼とかいう徒目付頭を殺せばどうだ」

「それもよろしかろうとは存じますが……」

「歯切れが悪いな。なるほど、徒目付頭を亡き者にすれば、騒ぎがさらに大きくなるか。よかろう。久岡勘兵衛を最後に、幕引きとするか。金より命のほうが大事だ」

六

勘兵衛はたくあんをつまみ、口に入れた。ぽりぽりと咀嚼する。ほどよいしょっぱさのなかにじんわりと甘みが出てきて、噛んでいるうちにさらにうまみが増してきた。

(腕をあげたな)

勘兵衛はうれしかった。昨日、下高田村まで行き、近辺を歩きまわった疲れが飛んでゆくような気がする。お多喜に鍛えられて、美音の漬物の腕前は確実に上達してきている。

今日は麟蔵からの呼びだしもなく、どことなく物足りなさを感じつつも、平和なほうがやはりいいかな、と思ったりもする。

実際、徒目付ともなれば厳しい仕事が待っているのはまちがいなく、こんなにのんびりと昼食をとるなど、二度とないかもしれないのだ。

「久岡どの」

横に座る橋口喜太夫が声をかけてきた。またたくあんをくれというのかと思ったが、そうではなかった。

「今度、仕事終わりに是非、飲みに行きませぬか。いかがです」

「そうですよ、行きましょうよ、久岡どの」

土門文之進も誘う。

「いい店があるんですよ」

萩原弥三郎が勘兵衛の気を惹くようないい方をする。

悪い話ではない。この三人とはこれまで、ともに飲んだことはない。もともと勘兵衛には同僚とは仕事だけと割りきっているところがあって、飲みに誘われてもほとんどつき合ったことがない。

ただ、この三人とはこうして話をするようになって久しく、こういわれれば断りづらい。

考えてみれば、と勘兵衛は思った。いつからこの三人とこんなに親しく言葉をかわすようになったのだろうか。

あれは、と思いだした。二月ばかり前、喜太夫が声をかけてきたのが最初だった。

久岡どのは相当遣われるそうですね。

ずいぶん以前からの知り合いのような口調で、昼休み、弁当をつかっているとき話しかけてきたのだ。そのとき、喜太夫のうしろに文之進、弥三郎もいた。

たいしたことはないですよ、と勘兵衛は謙遜でなく答えたが、三人は本気にしなかった。

書院番では随一という評判ですよ。

剣のことで持ちあげられて、勘兵衛自身、いい気分になったこともあり、それから昼休みや仕事が終わったあとの控え室で繁《しげ》く話をするようになっていったのだ。

「いかがです、久岡どの」

喜太夫が言葉を重ねる。

「では、お誘いを受けさせていただきます。ただ、ここしばらくは無理かもしれませぬ」

喜太夫が、ああ、と納得した顔をした。

「ここ最近、御徒目付から頻繁に呼びだされていますね。それですか」

文之進が身を乗りだし、勘兵衛を見つめた。

「久岡どの、まさか……」

横で弥三郎も同じ瞳をしている。

「いえ、それがしがなにか罪を犯し、取り調べを受けているようなことはございませぬ」

「では、なにかの事件に関して事情をきかれているのですか」

「いえ、そういうことでもありませぬ」

「あの一件がまだ尾を引いているとか」

弥三郎がいう。

「あの一件というと……。ああ、磯部どのの行方知れずですか」

ええっ、と三人が同じ声をあげた。

「磯部どのが行方知れずなのですか」

喜太夫が代表するように問う。

「ご存じではなかったのですか」

「ええ、知りませんでした。あのようなことがあったので、病気を理由にして休んでいるのかと……」

「でも我らが知らぬことを、なにゆえ久岡どのはご存じなのです。それが徒目付絡みなのですか」

勘兵衛は説明した。

「なるほど、そうですか。あの日、磯部どのが来ないことを心配されて、屋敷をお訪ねになったのですか。そのとき磯部どのの行方知れずが知れた、ということですか……」

喜太夫が気がかりを面《おもて》にだしていう。

「となると、もうだいぶたちますね。磯部どのはまだ見つかっていないのですね」

口を滑らせたことを後悔しつつ勘兵衛は、その通りです、といった。

「心配ですね。確か、新番衆のなかでも行方知れずになった者がいますよね」

「そういう人がほかにもいるのですか」

むろん知ってはいたが、なにも知らない顔で勘兵衛はきいた。

「ご存じではなかったですか。ええ、いるのですよ。それがしもあまり詳しいことは知らぬのですが」

それでも勘兵衛はただしてみた。

しかし、これまで勘兵衛が知っている以上のことを喜太夫も知ってはいなかった。

「でも、磯部どのの行方知れずに関して、久岡どのはなぜ御徒目付頭に呼ばれているのです」

文之進が不審そうにきく。

「そのあたりはどうか、ご勘弁願います。口どめをされているわけではないですが、事情をお察しください」

「わかりました」

喜太夫が、気にしていないとばかりに朗らかに笑った。

「でも、それだけ頻繁に呼びだされて、久岡どの、大丈夫ですか。書院番から徒目付へ移されるようなことはないですか」

どう答えようか迷った。

「おや、そういう話があるお顔ですね」

「いってはなんですが」

弥三郎が声を落とした。

「そのお気持ちもわかりますよ。やはりこのつとめは退屈な面が多いですからね」

「その通りです」

文之進も同意した。

「どこかで発散しなければ、とてもやっていけませんよ」

「なにかいい気散じの仕方をご存じですか」

「ええ、ありますよ」

文之進が深くうなずく。横で喜太夫がやや険しい目つきをする。

「どうかされましたか」

勘兵衛がきくと、喜太夫は目の光をやわらげた。

「いえ、なんでもありません」

勘兵衛は文之進に目を戻した。

「どのような方法です」

文之進は顔を伏せ気味に首を振った。

「申しわけない、久岡どの。残念ながら、申すわけにはいかないのですよ。こういうのは秘密にしておいたほうが、きき目があるものですから」

先ほどの喜太夫のきつい視線が気になってどうにも釈然としないものを感じたが、勘兵衛はとりあえず、そうかもしれませんね、といった。

「ところで、お三方はとても仲がいいですが、幼なじみなのですか」

「幼なじみというわけではないですね」

喜太夫が軽く首を振る。

「知り合ったのは、道場です。それがしが最初で、この二人がほぼ同じ時期に入ってきましてね。歳も近く、気も合いまして。もっとも、腕が似たようなものだったことが、我々を親しくさせた理由でしょうか」

この三人の腕がどの程度かはあまりわからない。一見したところ、それなりに遣いそうだが、びっくりするような遣い手でないのは確かだ。

じき、昼休みも終わりだ。同僚たちの多くは弁当をしまい、片づけをはじめている。

「久岡どの、御徒目付頭の仕事はいつ頃終わりそうなのです」

喜太夫が顔を寄せて、きいた。

「わかりませぬ。はっきりしましたら、それがしからお知らせいたします」

七

勘兵衛が弁当を食べ終えた頃、七十郎は山城町の浅井屋の座敷にあがりこんでいた。

おこうは忙しく立ち働いている。注文をきき、膳を届け、片づける。汗を一杯にかきながらもその姿は清潔感にあふれ、見ているこちらにもすがすがしさが伝わってくる。

「旦那、なに見とれてるんです」

向かいに座る清吉が笑いかける。

「きれいなものに見とれてなにが悪い」

「あれ、ついにひらき直りましたね」

「なんとでもいえ」

「でも、旦那」

清吉が声をひそめる。

「競りは激しそうですよ」

それは七十郎も感じている。男客のおこうを見る目は、芝居小屋で千両役者を見つめる女客と同じなのだ。

七十郎たちが座っている二十畳ほどの座敷に、土間に置かれた二つの長床机《ながしょうぎ》だけの店だ。昼はもうすぎているのにおこう目当ての客が一杯で、店は神田明神の初詣《はつもうで》のときのように混んでいる。

「どうです、みんな、目をらんらんとさせて、すごいですねえ。おっと来ましたね」

おこうが男たちをかきわけるようにして近づいてきた。

「いらっしゃいませ」

畳に膝をついて、ていねいに挨拶をする。

「言葉に甘えさせてもらった」

「太助のですけどね」

すかさず清吉が茶々を入れてきた。

「いらしてくださってとてもうれしいです。ごゆっくりしていってくださいね」

おもしろくなさそうに、まわりの男たちがじろりと見る。なかには、これ見よがしに舌打ちする男もいた。黒羽織にものをいわせやがって。

「なににしますか」

「おこうさんのお勧めがいいな」

「でしたら、いなだのお刺身と焼き物が一緒になったものはいかがです」

「それをもらおう」

七十郎は即座に応じた。

「あっしもそれを」

おこうは注文を通しに厨房《ちゅうぼう》へ向かった。

待つほどもなく、おこうが膳を二つ持ってやってきた。

「ごゆっくりどうぞ」

おこうは七十郎にほほえみかけてから、手をあげて呼ぶ客のほうにただいま、と急ぎ足で去った。

「しかし、しびれるような笑みですねえ。あっしには全然向けてくれないですけど」

清吉が残念そうにいい、すっと顔を寄せてきた。

「でも、本当にあの娘、旦那に惚れているかもしれないですね」

「清吉、さっさと食え。飯がさめるぞ」

「へいへい」

いなだは刺身も焼き物も新鮮で、実にうまかった。わかめの味噌汁もなすの漬物も美味だ。飯ももともとの米がいいのか、それ以上に炊き方が上手なのか、粘りがあって甘みが濃い。こんなにうまい店をこれまで知らなかったのを七十郎は、損した、と後悔したほどだ。

その上に、おこうという看板娘がいるのだから、店がはやらないはずがなかった。おこうの給金があがったというのも、これだけの繁盛ぶりを見れば、十分すぎるほど理解できた。

代を払い、大満足で七十郎たちは浅井屋をあとにした。

「旦那、しかしうまかったですねえ」

ほとほと感心したという口調で、清吉が口にする。

「まったくだな。また明日も来よう」

「でも、旦那、もし明日おこうさんがいなかったらどうします」

「あさってでも来ればいいだろう」

「こりゃ本当にお熱ですねえ」

うまい飯で元気を取り戻した二人は、精力的に放火犯の探索を行った。

だが、かんばしい成果を得ることはできなかった。

「うまい飯を食ったからといって、そうそううまくゆくものではないな」

七十郎は、西の彼方に沈みゆく太陽を眺めた。

明日も今日くらい暑くなるのはまちがいなさそうな夕焼けが、江戸の町を照らしている。横の清吉の顔も赤く染まっている。

「旦那、おこうさんのことを考えてらっしゃるんですかい」

清吉がからかうようにいう。

「お顔が真っ赤ですよ」

八

清吉が拍子木《ひょうしぎ》を派手に鳴らしている。

囃子《はやし》がきこえてくるわけではないのに、盛んに足をあげ、体を揺らして踊っている。拍子木の音があまりに激しくて、耳が痛く感じるほどだ。へらへら笑う顔は締まりがなく、清吉はよだれを垂れ流してさえいる。

どうしたんだ、やめろ、と七十郎がきつく制しても清吉は踊りをとめようとしない。

「七十郎、七十郎」

誰かが自分を呼んでいる。体を揺すられているのに気づいた。

はっと目を覚ます。

目の前に母の顔があった。いつの間にか部屋に行灯が灯されている。

七十郎はがばっと夜具から身を起こした。

「どうされたんです」

「あの半鐘がきこえぬのですか」

耳を澄ませるまでもなかった。激しく打ち鳴らされている。

「近いですね。どのあたりです」

「どうやら方向からして、南本郷町《みなみほんごうちょう》か上柳原町《かみやなぎわらちょう》のほうだな」

敷居際に立つ父がいう。

「本当ですか」

いずれも南小田原町の隣町だ。

七十郎は躊躇なく起きあがり、明日のために枕元《まくらもと》に用意しておいた着物の袖にすばやく手を通した。

「行くのか」

父がきく。

「火消しにまかせておいたほうがいいのではないのか」

「もしや付け火かもしれませぬ。まだ下手人がそのあたりにいるかもしれませんから」

「気をつけるのですよ」

母が心配そうにする。七十郎が出かけるとき、いつも見せる顔だ。

「心得ております」

身なりをととのえ終えた七十郎は部屋を出た。玄関のところで清吉が待っていた。すでに火を入れた提灯を手にしている。

「俺が行くのがわかっていたのか」

「燃えているのが南小田原町のほうときいては、あっしも放っておけませんや」

家つきの中間である清吉は、玄関脇の小部屋に一人で住んでいる。

「太助は足が治っていませんからね」

七十郎はこの男がそばにいてくれることをとても心強く、そしてありがたく感じた。

「よし、行こう」

二人は駆けだした。

ふだんは静かな夜の町だが、半鐘の音に驚いた町人たちが大勢外に出て、火元のほうを見つめている。やや強い風は東からで、このまま風向きが変わらなければ、こちらのほうに火がやってくる怖れはなかった。

南小田原町に近づくにつれ、風が強くなってきた。炎自体が巻き起こす風と東から吹き寄せる風とがまじり合って、新たな風を生みだしているようだ。

その強い風は北へ流れているようで、おびただしい火の粉が次から次へ屋根に取りついては新しい炎をあげてゆく。

「旦那、火のまわりはすごくはやいみたいですよ」

走りながら、清吉は案ずる目を行く手の町に向けている。

「二人は逃げてくれましたかね」

おそらく大丈夫だろう、と七十郎は思っている。

長屋にはほかに住人がいるし、足の不自由な年寄りが一人住んでいるようなときでも壮健な者が真っ先に駆けつけて担ぎだせるよう、江戸の町人たちは常に手はずをととのえているからだ。

風上に向かって避難してくる者たちの顔を見ながら七十郎は駆け続けたが、おこう、太助姉弟の顔を見ることはできなかった。

七十郎たちは最初、南小田原町にまっすぐ入れる堺橋《さかいばし》を渡ろうと考えていたが、炎がそちらに向かっているのを知って、豊後《ぶんご》岡《おか》で七万石余を領する中川家の屋敷の角を左に折れ、見当橋《みとめばし》を渡って海に突き当たる場所までやってきた。

そこから海沿いに道を南へ走り、明石橋を通って南飯田町《みなみいいだちょう》に入った。この町の隣が上柳原町だ。

上柳原町はたいして焼けていなかった。七十郎が怖れていたのは、火元は南小田原町なのではということだったが、本当にそうかもしれなかった。

炎はどうやら築地本願寺には延びておらず、南小田原町一帯のみを焼き尽くそうとしているように見えた。

火が燃えさかるなか、七十郎は清吉とともに足をひたすら動かした。

炎に顔をあぶられ、鬢のあたりや眉が焼けているのを感じる。火の粉が着物にかかってくるのを、うしろから清吉が必死に払ってくれている。

火消したちの姿は見えない。延焼を食いとめるために、火の手が及ばんとしているあたりの建物を取り壊すことに必死になっているにちがいない。

火から遠ざかろうと走っている職人ふうの男がいた。

七十郎は呼びとめた。いきなり声をかけられて、男は怒ったような顔をした。次いで黒羽織に気づいて仰天した。

「な、なんです」

「この道は南小田原町に通じているのか」

「ええ、通じてます。でも、じき火がやってきますよ」

「ありがとう」

七十郎は走りだした。

ようやく弥八店の前に来た。このあたりは風向きなのか、たいして燃えていない。ほんの半町ほど離れた東側が焼け尽くされているのに比して、奇跡とも思えた。

これなら大丈夫だろう、と七十郎は安堵の息をついた。清吉にうなずきかけ、長屋の木戸をくぐる。

おこうの店をのぞいた。

東側で激しく燃えさかる炎がなかを照らしだしている。無人で、家財は置いたままだが、がらんとしている。

風はいつの間にか東から西に変わっており、そのことがどうやら弥八店の救われた理由のようだ。

「二人とも避難したようだな」

「ええ。でも長屋が焼けなくて、よかったですね」

その通りだ。焼けだされたら、新しい住みかを見つけるか、また同じ場所に住むにしても、長屋が建て直されるまでどこかに身を寄せなければならない。いずれも骨だ。

「旦那、これも付け火ですかね」

「そう考えんほうが無理があるな」

暖をとる必要がない夏は、冬にくらべたら極端に火事が少ない。むろん、失火というのも考えられないわけではないが、やはりこの火事も付近で頻発している付け火であるとしたほうが考えやすい。

火元と思える町の東側へ行こうとした。ほんの十町先では盛んに炎があがり、家々を焼いてはいるが、七十郎たちが足を進めている道は、このまま風向きが変わらなければ火の手が及ぶ危険はほとんどない。

十間ほど歩いて、七十郎は足をとめた。

「どうかされましたか」

「清吉、今、女の声がきこえなかったか」

「ええ、きこえてますよ」

清吉は激しい炎が無数の腕を伸ばすようにしている方向を指さした。

そちらからは火消したちの奮闘する声や逃げまどう人々の悲鳴や叫び声が、かすかだが届いている。

「いや、ちがう。もっと近くだ」

七十郎は、声がしたと思えるほうへ背中を押されるような気分で足を運んだ。きこえてきた声が、なぜかおこうの声のような気がしてならない。

「旦那、そっちは危ないですよ」

清吉があわててあとをついてくる。

誰か、助けて。

「旦那、あれは」

七十郎は駆けだした。

まちがいなかった。今の声は紛れもなくおこうの声だ。

道がふさがれていた。崩れ落ちた家の残骸が山のようになって、覆いかぶさってきているのだ。

助けて、お願い、誰か。

おこうの声は、崩れた家の向こうからきこえてくる。

「どうしたんだ、おこうさん」

七十郎は大声を発した。

かすかに足音がし、さっきより近いところからおこうの声がした。

「太助が崩れてきた木で頭を打って……それに火がもうすぐそこまで」

まわり道を捜している暇はなかった。

「今行くから、太助を見てやっていてくれ」

七十郎は目の前の残骸に手をかけた。

「旦那、これを越えるんですか」

「ほかに行きようがない」

七十郎はすでにのぼりだしていた。

炭が火を隠し持っているのに似て、焼けこげた材木も思いもかけないところに熱があって、七十郎は何度もびっくりさせられたが、気が張っているせいか、そんなに熱いとは思わなかった。

手をかけた梁《はり》が折れたり、足を置いた柱がいきなり沈みこんだり、いきなり噴きだす炎に顔を焼かれたりしながら、七十郎はなんとか頂上までたどりついた。

うしろを必死の形相の清吉が這うようにしてついてきていた。

気を失っている太助を必死に炎から遠ざけようとしているおこうの姿が、影絵となって見えている。

「大丈夫か、おこうさん」

おこうがこちらを見た。しかし崩れた家の残骸を伝って、火の手が延びてきている。あとほんの少しで太助の足に届きそうになっている。

「すぐ行くからがんばってくれ」

七十郎は残骸の上を滑り落ちるようにした。足や腕、指など至るところに傷ができたが、気にしている場合ではない。

地面におり立ったが、叩きつけられるような勢いに体がふらついた。すぐに立ち直り、すすで真っ黒になった体を転がすようにしておこうに近づいた。

炎はさらに近づいてきており、七十郎に地獄の釜を連想させた。

「ちょっとどいてくれ」

おこうに声をかけ、七十郎は太助の上にのしかかっている材木を清吉とともにどけた。

それから脇の下に手を差し入れて太助を担ぎあげた。

太助は頭から血を流しており、気を失ったままだ。弱々しいが、息はしており、命には別状ないように思えた。

「よし、行くぞ」

おこうにいい、七十郎は体を返した。

残骸の頂上に四人で戻ったとき、うしろから轟音がきこえた。

さっきまで太助がいたあたりへ、ひしゃげたように家屋が崩れ落ちてきた。あと少しおくれたら、太助の命はまちがいなくなかった。

声もなく、おこうはその光景に息をのんでいる。

「さあ、行こう」

七十郎が声をかけると、我に返った。

四人は無事、もとの場所に戻ることができた。

「大丈夫か」

七十郎は気づかってたずねた。おこうは、ほっとした笑みを見せた。

「はい、ありがとうございます」

あらためて七十郎のほうを向く。

「お助けいただき、本当にありがとうございました。感謝の言葉もございません」

おこうはすすで白い肌が隠されてしまっているが、きらきらそこだけ光を帯びたような瞳が瞬きすることなく七十郎を見つめている。

「いや、気持ちだけで十分だ」

「旦那、なに照れてんです」

「照れてなどおらん」

七十郎は太助を見た。ぐったりとして気を失ったままだ。頭の血はとまっているようだが、このままにしてはおけない。

「すぐ医者へ連れてゆこう」

七十郎は顎をなで、少し考えた。

「ふむ、近くの医者だと今頃、大わらわだな。心当たりがある。そこでいいか」

「もちろんです」

七十郎は、鉄炮洲《てっぽうず》の本湊町《ほんみなとちょう》で町医者を営む善庵《ぜんあん》のもとへ連れていった。

傷に関しては奉行所内の医者より腕がよく、八丁堀のすぐそばということもあって、七十郎たちは怪我をしたりすると、この医者のもとによく行く。

善庵は火事を気にして、路上に出ていた。七十郎の姿を見ると、戸をあけ放ってなかへ入れてくれた。

九

昨夜の火事のことは麟蔵の耳にも入っている。

南小田原町を火元に三十数軒を焼いたそうだが、幸いなことに死者は一人も出ず、怪我人が数名出たにすぎなかったようだ。

「お頭」

襖をあけて姿を見せたのは、配下の一人だ。すっと目の前に座った。

麟蔵は、配下の言葉にじっと耳を傾けた。

「まちがいないのだな」

「はい」

配下は、磯部里兵衛が善門寺から消えた日、寺の裏口につけられた大八車《だいはちぐるま》に、こもに包まれた物が載せられたのを見た者がいることを突きとめたのだ。こもの包みは、ちょうど人くらいの大きさだったという。

「善門寺の裏口に荷車がつけられていることなど滅多になく、その町人は珍しくてしげしげと見たそうですから」

「大八車には何人ついていた」

「二人だそうです」

「侍か」

「いえ、百姓のような野良着を身につけていたそうです」

「大八車はどこへ向かった」

「今わかっているのは、北へ向かったことだけです」

それ以上のことは不明だが、もし大八車に載せられていたのが里兵衛であるなら、そのことを穣海が知らないわけがない。あの住職はやはり嘘をついていたことになる。

しかし、相変わらず穣海は寺に戻ってきていない。殺されてしまったと思える配下の二人が寺の外に出てきた穣海を追っていった日以降、誰も姿を見ていない。

麟蔵には、口封じをされたのでは、という思いがある。つまり穣海は、里兵衛の身柄をほしがった何者かに依頼され、おびきだしに荷担したのだろう。その後、徒目付に穣海が目をつけられたことを知った何者かは、穣海の口をふさいだ。

となると、その何者かは穣海とももちろん無縁ではないだろうが、磯部里兵衛とのつながりのほうが濃いということにならないか。

大八車に載せられた里兵衛の生死は不明だが、おそらくもうこの世の住人ではないのだろう。

とにかく、と麟蔵は思った。磯部里兵衛の周辺を探り、里兵衛にうらみを持つ者を捜しだす。そうすれば、きっと配下を殺害した者も見つかるはずだ。

ただ、里兵衛の失踪をうらみと理由づけてしまうと、難点が一つある。里兵衛とそれ以前に失踪した四人とのつながりがまったくなく、四人の失踪が里兵衛とはなんの関係もないことになってしまうからだ。

それはさすがにあり得ないとは思うが、今のところは磯部里兵衛一人にしぼるのがよかろうな、と麟蔵は心に決め、そのことを配下に告げた。

「皆にも伝えてくれ」

承知いたしました、と配下は席を立っていった。

さてどうするか、と麟蔵は考えた。その大八車が向かった先というのは、やはり下高田村周辺と考えるのが妥当だろう。

あの村の付近に、磯部里兵衛をかどわかした何者かの住みかでもあるのか。

(ここは確かめる一手だな)

立ちあがった麟蔵は廊下に出て、殿中の小者を呼んだ。

あと四半刻ほどで昼休みというとき、勘兵衛は小者に、久岡さま、と小声で呼ばれた。

また徒目付頭から使いが来ているとのことだ。

うなずいた勘兵衛は、書院番組頭の佐々木隆右衛門のもとへ行き、事情を話した。

またか、という顔をしたが、隆右衛門は、いいぞ、といってくれた。

徒目付の詰所近くまで行くと、麟蔵が立っていた。

「暑いなかすまんが、つき合ってくれ」

「どこへ行くのです」

麟蔵が口にした場所をきいて、勘兵衛はなるほどな、と思った。自身、広大だがあのあたりを徹底して調べるしかないと思っていた矢先だったのだ。

麟蔵のあとをついて歩くこと、一刻ほどで下高田村に到着した。

麟蔵は精力的にあたりを歩きまわりはじめた。田畑で働く村人に余すところなく話をきき、行きかう行商の者や荷車や牛車で荷物を運ぶ人夫たちすべてに声をかけた。

それでも得るものはなにもなかった。

大八車などの荷車を動かしている者たちに対しては勘兵衛も注意深く視線を当てていたが、いずれもまったくふつうの百姓や人夫たちで、これは、という者を目にすることはなかった。

次に麟蔵は、下高田村に建つ家屋を訪ねはじめた。これも一軒残らずで、その精力的な働きに勘兵衛は圧倒されるものを感じた。

配下を何名も持つ徒目付頭といってもこうして自らの足をつかって動きまわることに、感動すら覚えていた。

もし徒目付になったとしたら、ここまでの働きが自分にできるものか。心許《こころもと》ないものを勘兵衛は感じざるを得なかった。

一日の終わりのはやさは書院番の比ではなかった。すでに夕闇の気配が漂いはじめている。

「勘兵衛、疲れたか」

麟蔵が勘兵衛に言葉を発してくるのは久しぶりだった。

「いえ、それがしはなにもしておりませんので別に。それより、飯沼さんのほうがお疲れなのでは」

「この程度で疲れてたまるか」

確かに、顔にも疲労の色はあらわれていないようだ。むしろ、力がまだまだありあまっている気がする。

あと半刻ほどで日が暮れると思える刻限に麟蔵が足を向けたのは、明石八万石の抱屋敷だった。

じっと立っている門衛に、怪しい大八車を見ていないかきいた。

それから旗本の新見、大草、大久保の三家の屋敷を訪ねて、屋敷を差配する用人などに同じ質問をぶつけた。

かんばしい収穫は得られなかった。

下高田村をあとにした麟蔵は、下落合村に入って再び村人たちに話をききはじめた。百姓たちを終えると、下高田村の名主がこのあたりではいちばんのお屋敷といった寄合の田口家の下屋敷を訪ねた。

ぐるりを取り巻く塀はけっこうな高さで、この家の内証の豊かさを勘兵衛には感じられた。屋敷のまわりは畑だらけで、人家は二町ほど西のほうに四、五軒かたまっているのが見えるだけだ。

一万七千坪近いというだけのことはあって、ものすごい広さだ。久岡家の屋敷など十以上はすっぽりとおさまってしまう。

塀の向こうは木々が深く、蟬の鳴き声が、まるで締めきった部屋のなかで鳴いているみたいにかしましい。

門衛はおらず、北に面した門はかたく閉じられていた。

麟蔵がくぐり戸を叩いた。

頭上の梢を風が二度ほど騒がせたとき、くぐり戸の向こうに人が立った気配がした。

「どちらさまです」

麟蔵が身分と名を告げる。

くぐり戸脇の小窓がひらき、そこから侍が顔をのぞかせた。

「御徒目付頭さまですか。どのようなご用件でしょう」

「おぬしは」

「こちらの用人をつとめている者です」

「若いな」

勘兵衛も同感だ。まだ三十そこそこではないだろうか。鼻筋が通ってなかなかいい男だが、どこか冷たい印象を勘兵衛に与えた。いかにも冷静そうな瞳が人に対して冷酷なのでは、と思わせるような目だった。

「いえ、若く見られるだけで、これでけっこういっているのですよ」

口許に微笑がたたえられたが、目は笑っていない。じっと麟蔵を見ている。視線こそ向けてこないが、勘兵衛の気配も油断なく探っていた。

麟蔵がこれまでなんべんも繰り返してきた質問を、田口家の用人にぶつけた。

「さあ、存じませんね。ご存じでしょうが、夜になればこのあたりは人けはまったくといっていいほど途絶えますし、この屋敷の者はいずれも早寝なので、そのような怪しい者や荷車を目にすることはまずありますまい」

「一応、屋敷の者にきいてくれぬか」

おっ、と勘兵衛は思った。これまで麟蔵はこういう言葉を発したことがなかったのだ。なにかあるのでは、との思いを麟蔵がこの男に対して抱いた証以外のなにものでもない。

「かまいませんよ。少々、お待ちください」

男は気楽にいって、小窓を閉めた。

男が遠ざかってゆく気配が伝わってきた。

「勘兵衛、どう思う」

「怪しい感じはぷんぷんしている気はしますが、もともとあの男の持つ雰囲気がああいうものかもしれませぬ」

「遣えるか」

「見えたのは顔だけですのではっきりとわかりませんが、直感ではかなり」

「そうか」

麟蔵がさらに続けそうだったので、勘兵衛は唇に指を当てて黙らせた。足音はしないが、男が戻ってきた気配がする。

こちらの気配を探るような間があればさらに怪しさは増したが、男はあっけないほど簡単に小窓をあけた。

「お待たせいたしました」

誰も心当たりを持つ者はいない、との返事だった。

「手間をおかけした」

麟蔵が礼を述べると、いえ、と男は答えて小窓を閉めた。

先ほどまで地平の彼方《かなた》にわずかに姿を見せていた太陽は完全に没し、夜がおりてきた。

月はないが、波濤《はとう》が散ってそのまま貼りついたような星の瞬《またた》きが空には一杯で、勘兵衛は歩くのに苦労はなかった。

「勘兵衛、今の男、どう思う」

麟蔵があらためてきいてきた。

「わからぬ、というのが正直な気持ちです。飯沼さんはどうなのです」

「同じよ。ところで勘兵衛、これまで怪しい眼差しや気配は感じなかったか」

なるほど、と勘兵衛は思った。麟蔵の狙いはこれだったのだ。

二人の配下が殺された場所で、派手に動きまわってみせれば、今度の事件に関係している者が必ず姿を見せるのでは、という読みがあったのだ。

「残念ながら」

勘兵衛は言葉少なに答えた。

「そうか」

麟蔵がふとうしろを振り返り、下落合村を眺めた。

勘兵衛もつられるように見た。

闇はさらに濃くなっていたが、星も輝きを増していた。目に入る家や林は、すでに深い眠りについているように見える。

十

頭が痛い。その痛みに耐えきれなくなって、七十郎は目覚めた。

見知らぬ天井が目に入り、顔をしかめた。

ここはどこだ。

頭だけでなく、背中も痛い。起きあがり、まわりを見た。

畳敷きの見知らぬ部屋。

七十郎は眉をひそめた。

正面に格子ががっちりと組まれている。どうやら座敷牢だ。

どうしてこんなところに。

頭の痛みがよみがえってきた。

七十郎は頭を押さえ、どういうことなのか考えようとした。

しかし、頭のなかに土砂降りの雨でも降っているかのようで、考えがまったくまとまらない。

思いだせ、とばかりに拳で軽く頭を小突いてみた。

不意に記憶が戻ってきた。

そうだ、あのときうしろから殴られて……。

そして、気を失い、ここに運びこまれたのだろう。だとしたら、あれからさしてときはたっていないはずだ。

それにしても、誰が。

(俺はあそこになにしに行ったのだったか)

七十郎は必死に思いだそうとした。

目の前を、女の死骸がよぎっていったような気がした。その横に男の子もいた。

はっとした。七十郎は暗澹たる気持ちになった。

(死んでいた……まちがいなく)

七十郎は目を閉じた。悲しみが、心を覆う膜を破ってはじけそうだ。

昨日。そう、あれが昨日のことなら、七十郎は渋谷《しぶや》宮益町《みやますちよう》にいた。

付け火をしようとした男を見たとの報を受けて、七十郎は清吉を連れて向かったのだ。

放火犯らしい男を目撃した町人に、自身番で話をきこうとしていたときだ。

「お役人、たいへんです」

いきなり男が飛びこんできた。

「どうした、そんなにあわてて」

七十郎がただすと、男は息をのんで気持ちを静めようとした。

「そこの家で、娘と男の子が死んでいるんですよ。案内します。ついてきていただけますか」

七十郎は、放火犯を見た男にしばらくここで待っていてくれるようにいい置いて、自身番を飛びだしたのだ。

「こちらです」

男が息せき切らして、いう。

その家は、渋谷宮益町から二町ほど南へ行った田んぼのなかに建っていた。裏を渋谷川が流れており、せせらぎがきこえる。

七十郎は清吉にうなずいてみせてから、戸をあけた。

外の明るさに比してなかは暗く、七十郎にはなにも見えなかった。

目が慣れるのを待ってなかに入ると、いきなり目に飛びこんできたのはうつぶせになった娘だった。

脇腹あたりから血を流し、顔は向こう側を向いている。

七十郎は足のほうからまわりこんで、死骸の顔を見た。

かすかにひらいた目には、どこを見ているのかわからないうつろさがある。

「旦那、これは」

清吉が凍りついたように言葉をとめた。

「どうした」

「おこうさんですよ」

「なに」

まさか。七十郎はかがみこんで見直した。

似ている、とまず思ったが、信じられない気持ちのほうが強かった。

もう一度じっくりと見た。

体から力が抜けた。まちがいないとの確信が心に重く居座っている。

「旦那」

どうやら清吉は慰めようとしている。七十郎には、それすらもうっとうしく思えた。

「旦那」

声に切迫したものを感じ、七十郎は目を向けた。

「こっちも見てください」

清吉の唇が震えている。

さっきの男の声が脳裏に戻ってきた。娘と男の子が死んでいるんですよ。

清吉の視線の先を、七十郎は目で追った。

土間の壁際で横たわり、体から血を流している男の子がいる。

七十郎は力が入らない足をなんとか踏みだし、太助の死顔を見た。

姉とはちがい、目は閉じている。苦悶の表情には見えなかった。

「どうしてこんなことに」

清吉がぽつりとつぶやく。

一度目を閉じて、同心としての気持ちを入れ直した七十郎は清吉にいった。

「応援を呼んできてくれ」

「承知しました」

清吉が七十郎の横を通り、戸を出ていった。一目散に駆けだしてゆく足音がきこえる。やがてそれも消えた。

一人になった。知らせてきた男の気配は感じられないが、きっと外にいるのだろう。なぜこんなことに。

七十郎はひざまずき、おこうの顔をよく見ようとした。

背後に人のすり寄る足音がしたと思った瞬間、頭に強烈な痛みが走った。

なにが起きたのかわからなかった。最後に見たのは、おこうの瞳だった。一瞬だったが、目が合ったように思えた。

(それにしても、どうしてこんなところに)

七十郎はあらためて座敷牢を見まわした。

頭を殴りつけたのは何者なのか。

わからないが、頭をよぎるのは、塩川鹿三郎をかどわかした者と同じ者の仕業ではないか、ということだ。

鹿三郎の行方がわからなくなる直前、一緒に走っていたという町人がいたとのことだったが、それはもしやあの男ではないか。

どうやら、と七十郎は思った。

(俺は罠にかけられた)

もし俺をあの家に行かせるのが目的だったとすると、放火犯を目撃した男というのも怪しくなる。ただ、稲葉七十郎という町廻り同心を渋谷宮益町の自身番に行かせたかっただけの話ではないか。

となると、と七十郎はかすかに安堵の汗が背筋を流れてゆくのを感じた。あのとき清吉を応援を呼びに走らせたのは正しかった。

少なくとも清吉には、大八の二の舞を演じさせることはなかったのだから。

ただ、七十郎をおびきだすために、あの姉弟は殺されたことになるのか。

もしそうなら、と七十郎は思いきり拳をかためた。俺をここに閉じこめたやつは必ず獄門台に送ってやる。

十一

「清吉、この家か」

「ええ、昨日、この家から旦那はかき消えちまったんですよ。あっしが応援を呼びに行っているあいだに」

勘兵衛は家には入らず、まずまわりを見た。供の滝蔵と重吉は二間ほど離れたうしろに控えている。

目の前に建つ家は、どこにでもある百姓家だった。

「この家の持ち主は」

「中渋谷村の名主です。この家はもう半年以上、空き家だそうです」

「半年以上もな」

勘兵衛は戸をあけて、なかを見た。

「清吉、どういう経緯だったのか、もう一度話してくれるか」

今朝、七十郎の行方が知れなくなった、と清吉が番町の屋敷に駆けこんできたのだ。それで非番だった勘兵衛は清吉とともにここまでやってきたのである。

うなずいて清吉が語りだした。

きき終えて勘兵衛はただした。

「その姉弟の死骸は、七十郎が消えたあともあったのだな」

「ええ。昨日、南小田原町の長屋の者たちが引き取ってゆきました」

「その姉弟は何者だ」

「いえ、どこにでもいるふつうの姉と弟にあっしには見えましたけど、久岡さまにはなにかご不審でもおありですか」

それには答えず、勘兵衛は話を進めた。

「確か、同心でもう一人行方知れずになっている人がいるらしいな」

「ああ、ご存じでしたか。ええ、塩川鹿三郎という方です」

「その塩川さんは、どういう形で行方が知れなくなったんだ」

清吉は語った。

「似ているよな」

「ええ、旦那とそっくりです。そのことは番所の旦那方もおっしゃっておられました」

「七十郎がその塩川さんという人をかどわかした者と同じ者に罠にかけられたのは、まずまちがいないだろう。だが、この家におびき寄せるためだったら、その姉弟でなくともよかったのではないのか。なにも七十郎の知り合いを殺す必要はなかった気がする。死骸でなくとも、たとえば、死んでいるように見せかけるだけでも十分に罠としての役目は果たせたはずだ。それに、別に南小田原町に住む姉弟をここまで連れてこなくてもいいように思えるのだが、どうかな、清吉」

「その通りですね」

「そのおこうと太助という姉弟は、殺されるべき理由があって殺され、そしてここに死骸を置かれたのではないか」

「それを旦那をおびき寄せる手立てとした。なるほど、そう考えたほうが自然ですね」

「それからな、清吉。もうわかっているかもしれんが」

「はい、わかっています。旦那があっしを使いにだしてくれたからこそ、あっしはこうして息をしていられるんですよね」

「その通りだ。七十郎が救ってくれた命だ。決して無茶をするなよ。七十郎が無事戻ってきたとき、おぬしがいなくなっているなんてことになったら、七十郎はものすごく悲しむだろうからな。……清吉」

勘兵衛は呼びかけた。

「そのおこうと太助が住んでいた南小田原町の長屋、場所は知っているのか」

付近はほとんどが焼けてしまっているが、姉弟の住んでいた弥八店近くは奇跡的にほぼ無傷といえる状態で残っていた。

同じ長屋の者と思える者たちが、姉弟の店につめていた。これから通夜、そして明日が葬儀ということだ。

店の中央に敷かれた二つの夜具に遺骸が安置され、顔に白布がかけられている。

線香をあげつつ、勘兵衛はなかにさりげなく視線を走らせてみたが、歳若い姉弟がつつましく暮らしていたことを示す家財があるのみで、下手人に結びつくと思えるようなものは、なに一つとして目に入らなかった。

長屋の者たちに姉弟のことをききたかったが、誰もが泣いていて、とても話を切りだせる状況ではない。

勘兵衛は清吉とともに外に出た。

「二人はどうやら孤児らしいが、血縁はいないのかな。この長屋にはどういういきさつで入ったのだろう」

「家主にきいてみましょう」

清吉が再び店をのぞきこんだ。

「いないみたいですね。どうやら自身番のようですね」

勘兵衛は清吉に連れられて、南小田原町の自身番へ向かった。

家主の幹左衛門《かんざえもん》によると、長屋に入ることが決まったのは、おこうの働いていた浅井屋の主人の紹介を受けたから、とのことだ。おこうたちの出は、原宿村《はらじゅくむら》ときいているという。

「ここに来たのはほんの五日前だったのに、まさか死んじまうなんて……」

「五日前だと。まちがいないかい」

清吉がきく。ええ、まちがいありませんよ、という答えが返ってきた。

「おっかしいなあ」

自身番を出て、清吉が首をひねった。

「どうした」

「いえ、おこうさんや太助の口ぶりだと、もっと前からあの長屋に住んでいたような感じがしたんですがね」

二人に関し、と勘兵衛は思った。もう少し詳しいことを知らねば話にならない。

「清吉、浅井屋に行こう」

「久岡さま、もしかしたらやっていないかもしれないですよ。なにしろ看板娘を失っちまったんですから」

「閉まっているとしても、店主を捜しだせばすむことだ」

山城町までは、大きめの雲に隠された太陽がまた顔をだすくらいのときしかかからなかった。女のおこうが通っていたのだから、距離は知れている。

「ああ、やってますね」

昼をややすぎていたが、店は混んでいた。

店主に無理をいって、外に出てもらった。

店主はおこうが死んだことを知っていたが、いまだに信じられない顔をしていた。

「本当は店を休んで悔やみに行きたかったんですが、これだけのお人が来てくれるんでそうもいかず。今夜ははやめに店を閉めて、通夜に行こうと思ってます」

「おこうさんがこの店で働きはじめたきっかけは」

清吉が問う。

「花岡屋《はなおかや》さんの紹介ですよ。七日ほど前でしたかね。ああ、花岡屋さんというのは竹川《たけかわ》町《ちょう》にある口入屋《くちいれや》です」

教えてもらった通りの道筋をたどって、花岡屋に来た。

店はこぢんまりとしたつくりで、入口はせまかったが、暖簾を払ってなかに入ると、それなりに広い土間があって、一段あがった畳敷きの奥で店主らしい男が帳面を繰っていた。

いらっしゃいませ、と土間におりてきた店主に、清吉が来意を告げた。

「おこうさんですか」

首をかしげ、思いだしている風情《ふぜい》だったが、やがてぱちんと手を打ち合わせた。

「はい、覚えておりますよ。あのべっぴんさんですよね。あの娘は原宿村の出ということでしたよ。両親を相次いで病気で失って村にいられなくなったといってましたね。気の毒だし、気性もとてもよさそうだったので、手前が浅井屋さんを紹介しました。はい、もちろん手前が請人《うけにん》ということになっておりますよ」

「おこうさんだが、血縁についてなにかいっていなかったか」

一歩前に踏みだして、勘兵衛はたずねた。

「いえ、そのようなことはなにも。弟と二人、天涯孤独の身だといってましたよ」

それ以上きくこともなく、勘兵衛は清吉とともに店を出た。

「行きづまったな」

勘兵衛はつぶやいた。

「おこう、太助という二人と浅くない関係を持っている者が二人を殺し、七十郎をかどわかしていったのは確かなのに」

あの久岡さま、と清吉が遠慮がちに口をひらいた。

「原宿村には行かなくていいんですか」

「それも考えたが、おそらくおこうの出身は出まかせだろう。行ったところで手がかりはなにもつかめまい」

「でも、このままにはしておけませんから、あっしはひとっ走り行ってきます。よろしいですか」

「ああ、俺のことなら気にするな。なにかつかめたら、連絡をくれ。そうだな、番町の屋敷に頼む」

「承知いたしました」

ではこれで、と清吉は駆けだしていった。

勘兵衛は供の二人を振り返った。

「腹は空《す》いておらぬか」

「はい、大丈夫です」

重吉が強がったが、二人ともかなりまいった顔をしている。

手近の蕎麦《そば》屋に入り、三人は蕎麦切りで腹を満たした。

「これからどうされるんですか」

滝蔵がきく。

「御城に行ってみるつもりだ」


正面の襖には、何本もの松が生える高山を流れ落ちる滝が描かれ、右側の襖には田畑のなかの一軒の農家の図が描かれている。夫らしい男が鶏に餌《えさ》を与え、その横で妻が大根らしいものを洗っている。三人の子供がたわむれるようにして遊んでいる。

勘兵衛がいるのは徒目付の詰所近くの座敷だ。麟蔵はなかなかやってこず、勘兵衛は襖絵を眺めているくらいしかなかった。

「待たせたな」

ようやく麟蔵がやってきた。正面にどかりとあぐらをかく。

「話はきいた。稲葉七十郎が行方知れずとはな。前にいなくなった同心も、まだ見つかっておらぬのだろう」

「そのようです」

「旗本の行方知れずと同じ根っこと思っているのか」

「わかりませぬ」

「俺も同じだ」

麟蔵は唇を嚙む仕草をした。

「おまえを待たせたのは、配下からある報告を受けていたからだ。……物欲しそうな顔をするな。お預けを食らわされた犬みたいだぞ。今、話してやる」

麟蔵は風邪でもひいているのか、鼻をすすりあげた。

「穣海が何度か来た、といった武具屋を覚えているな」

「はい、水口屋でしたね」

「正之助といったあのあるじ、妙なことに手を染めているのかもしれぬ」

「ほう、どんなことです」

「それはまだわからんが、穣海が、水口屋近くの檀家の者に、あの店を知ってから暮らしに張りが出ましたよ、と告げている。その檀家に行くたび水口屋に寄るのを、ずいぶん楽しみにしていたそうだ。その檀家の者もどうしてです、とただしたが、穣海はなぜか言葉を濁したそうだ。だから、武具を目にしたり、手に取ったりすることでないのははっきりしている」

「正面からただすおつもりですか」

「そんなことはせぬ。とぼけられたらおしまいだからな。店に配下を張りつけた。穣海や磯部里兵衛の失踪、そして四人の旗本の行方知れずにやつは関係しているのかもしれぬ。新たな動きがあったそのときは、勘兵衛、よろしく頼むぞ」

十二

「いつまであの同心は生かしておくのだ」

あるじが問う。

「二人目ということで、ここまで持ってくるのにかなり苦労したのであろうに」

「その通りです」

治部右衛門は会釈気味に頭を下げた。

「依頼者の風邪が治るまで、ということになります」

「なに、風邪をひいたのか」

田口兵部はあきれ顔をした。

「もともと風邪はよく召されるお方のようです。それに、夏風邪は長引くと申しますから」

「ふむ、まあ、いたし方あるまい。しかし、おこうを殺してまで、お膳立てをととのえたのだ。しっかり責任は取ってもらわねばな」

あるじの眉間には、一筋のしわがくっきりと寄っている。

治部右衛門はあるじをすくうように見た。

「殿は、おこうを殺したことを、もしや後悔されておるのでは」

「あれだけかわいいおなごだ。もったいなくないといえば嘘になる。それに、まだ味わい尽くしたとはとてもいえぬ」

「しかし、おこうはあの同心に心を移し、救ってくれるようにいいました。いずれ、それだけではすまなくなるのは明白」

「我らのことをぺらぺらと、か……」

「御意。実際、それがしに、もし的からはずさないなら、すべてをばらすようなことを言外にいいました」

兵部は無念そうに首を揺り動かした。

「やれやれ、火事で助けられたことを恩義に心を寄せてしまうとはな。女はこれだから困る」

「まったくでございます」

おこうと太助はもともとは下落合村の百姓で、この下屋敷に奉公していた下男と端女《はしため》の夫婦の子供だった。八年前に夫が死に、次いで妻も病死したのだが、治部右衛門は孤児となった二人を放逐することはせず、そのまま下屋敷に置いてきたのだ。

面倒を見てやっているという意識は治部右衛門自身にはなかったが、かなりの恩義を二人は感じていたはずだった。

稲葉七十郎と親しくなることを命じられたおこうは、太助の友達をつかうなどそこまではしっかりと命令通りにしてのけた。

思惑《おもわく》がちがったのが、おこうの住む町に付け火があったことだ。夏のことでもあり、火事など治部右衛門はまったく予期していなかった。

もともとおこうと太助は、七十郎をあの空き家に誘いこむことを使命としていた。姉がならず者に担ぎこまれたことを太助が注進し、七十郎を連れてくることになっていたのである。

結果として同じことになったからいいのだが、しかし、兵部と同様、おこうに関してはもったいないことをした、という気持ちが治部右衛門にないわけではない。

実際、両親を失ったばかりだった姉弟を放りだすことをしなかったのは、治部右衛門もおこうを、いずれいい女になる、と見ていたからだ。

だから、美しく成長したおこうにあるじが刺身に箸をつけるも同然に、伽《とぎ》を命じたのは当然のことだった。

「なんだ、治部右衛門、なにを考えておる」

薄く笑って兵部がのぞきこむようにしてきた。

「おぬし、わしが後悔しているようなことをいったが、おこうを殺して悔いているのは実はおぬしなのではないか」

治部右衛門はその通りです、とばかりに深く顎を引いた。

「さすが殿、お見通しですね」

「なかなか味のいいおなごであったな。おぬしにも味わわせてやりたかったわ」

治部右衛門は面にだすことなく、暗い笑いを漏らした。

おこうの生娘を奪ったのは、ほかならぬ治部右衛門だったのだ。

深い木々、裏庭の物置、おびえた顔、のけぞる喉、そして白い胸、白い足。

すべてがまだ新鮮に治部右衛門のなかに残っている。

「まったくでございます。それがし、殿がうらやましゅうてなりませぬ」

十三

「稲葉さまは見つかりましたか」

帰宅した勘兵衛に美音がきいた。

「いや、残念ながら」

「そうですか」

「美音、しばらくつとめを休んでもいいか」

「稲葉さまを捜すのですね」

「ああ。やつはつとめより大事だ」

「そうなさいませ。私も応援いたします」

「そうか。ありがとう、美音」

翌朝、勘兵衛は重吉に、出仕前の佐々木隆右衛門の屋敷へ病欠の届けを持たせた。理由としては風邪ということにしたが、もし同じ組の者に他出しているところを見られたら、お役御免、ということになりかねない。もっとも、それは覚悟の上だ。

三日続けて勘兵衛は七十郎を捜し続けたが、しかしなにも得られなかった。絶望感が心を冷たく浸してゆく。

清吉にも会って、話をきいた。

「いえ、まだ駄目です。でも、きっと捜しだしてご覧に入れますよ」

清吉は力強く断言したが、調べはまるで進んでいないのは明白だった。清吉の顔には、ぬぐいきれない疲労が重く居座っている。

「右馬進の旦那も力を尽くしてくれてますしね」

「右馬進の旦那とは」

清吉が説明する。

「七十郎の後輩か。それだけの腕利きなら、是非期待したいものだな」

その夜、麟蔵が屋敷を訪ねてきた。

「おまえ、つとめを休んで稲葉捜しに奔走しているそうだな」

「どうしてそれを」

「おまえがなにをするかなど、お見通しだ。だが、いいか。明日はつとめに出ろ。これ以上休むと、まずいぞ。やりすぎるとだいたい気づかれるものだ。お役御免は覚悟の上だろうが、久岡家にも迷惑がかかるし、おまえの経歴に傷がつく。徒目付という立場上、俺がおぬしを引き抜くこともやりにくくなる」

麟蔵の助言にしたがって、四日目には勘兵衛はつとめに出た。

控え室で、刀架に刀を置いたとき、背後から声をかけられた。

「おう、久岡どの、風邪は治りましたか」

橋口喜太夫だった。横に土門文之進と萩原弥三郎が立っている。三人とも心配そうな顔を並べていた。

「おかげさまで、本復いたしました」

「久岡どのは風邪など召されそうにない体つきをされているが、ということは今年の夏風邪はかなりたちが悪いということになりますか」

喜太夫が笑いかける。

「いえ、それがしは見かけだけでして、中身はともなっておらぬのですよ」

「そんなこともないでしょう。休む前以上によく日焼けなされて、ますます精悍《せいかん》な感じになってきましたぞ」

勘兵衛はさすがにどきりとした。灼熱《しゃくねつ》の太陽の下を動きまわっていれば、日に焼けないはずがない。

「しかし、まだどこか疲れた顔をされていますよね」

弥三郎がいう。

「その通りだな」

喜太夫が同意した。

「口では本復されたといわれたが、まだまだ本調子とはいえぬのであろう」

「そうかもしれませぬ」

勘兵衛は笑顔を見せた。

「しかし、明日になればきっと体は元通りになっておりますよ」

昼休みになり、食事をすませた勘兵衛は麟蔵を訪ねた。詰所近くの座敷で待つ。

さほど待たないうちに麟蔵はあらわれた。

「昨夜ききそこねました。調べはどの程度進んでいるのです」

麟蔵が座るやいなや勘兵衛はただした。

「そんなにせかすな」

麟蔵は苦い顔をしたが、すぐにその表情を打ち消す明るい笑いを見せた。

「おもしろいことがある」

耳を貸せ、と勘兵衛はいわれた。

「あの水口屋の正之助が昨夜、出かけたんだ。境屋という料亭だったのだが、そこで誰と会ったと思う」

「さあ」

「おまえな、少しは考えるふりくらい見せたらどうだ」

「考えてもわかりませんから」

「だろうな、そのおつむでは無理だ」

麟蔵はさらに声を落とした。

勘兵衛は小さくうなった。

「まことですか」

「どうだ、なかなか興味深いだろ」

「水口屋との関係ははっきりしたのですか」

「今、調べている。だが、きっとときを要することなく見つかるさ」

自信たっぷりにいう。ふと、勘兵衛を見直すようにした。

「なにかいいたいことがある顔だな」

さすがだった。勘兵衛は、調べがどの程度進捗《しんちょく》しているかをきくためだけに来たわけではない。さっき思いだしたことがあり、そのことを伝えに来たのだ。

勘兵衛が語り終えると、ほう、と息を吐くようにいって麟蔵は顔を輝かせた。

「そうか。確かに偶然とは思えぬな。となると、その者たちにもきっとなにか裏があるのだろうな。水口屋ともつながりがあるのかな。ちょっと調べてみるか」

「頼みます」

「しかし勘兵衛、おもしろくなってきたな」

咳払いをして、麟蔵は表情を厳しいものに戻した。

「いや、稲葉のことを考えたら、そんなことはいってはならぬな」

しばらく目を閉じ、なにごとか考えていた。

目をひらき、勘兵衛、と呼びかけてきた。

「ちょっと打ち合わせをしよう」

そうはいっても麟蔵が一方的にしゃべっただけで、勘兵衛はひたすらきき役にまわった。

「大丈夫ですか」

麟蔵の話が終わるや、勘兵衛はいった。

麟蔵は不敵な笑みを見せた。

「勘兵衛、俺を信じろ」

十四

「久岡どの、これから一杯いかがです」

翌々日、つとめ終わりに勘兵衛は、喜太夫たち三人に誘われた。

「明日は非番ですから、飲みすぎてもつとめに支障は出ませぬぞ」

「それともまだお体の具合が」

「いえ、そんなことはありませぬ。もう完全に大丈夫です」

「それではよろしいのですね」

「もちろんです」

城を出たのは七つ（午後四時）すぎで、空には十分すぎるほどの明るさが残っていた。というより、まだ頭上の太陽は日盛りと思えるほどだ。

連れていかれたのは、市谷長延寺谷町《いちがやちようえんじだにまち》にある料亭で、笹柳《ささやなぎ》といった。道からやや引っこんだ裏通りに面していた。

「おぬしたちはここで待っていてくれ」

それぞれが供の者たちに告げる。

黒塀の入口を入ると、すぐに女中が出てきた。予約してあったらしく、勘兵衛たちは庭の奥にある離れに落ち着くことができた。

「どうです、いい店でしょう」

喜太夫がいう。

「歴史がありそうですね」

離れ自体、けっこう古いが、つくりはしっかりしており、常に掃除を欠かしていないのがわかる清潔さに満ちている。どこかで鳴らされている音曲の響きがやわらかく耳に届く。

「ここで商売をはじめてから七十年以上になるときいています。今のあるじが三代目で、じき四代目が継ぐらしいですけどね」

「四代目もあるじに劣らぬ腕の持ち主だそうで、これからますます店は繁盛してゆくと思いますよ」

文之進が言葉を添える。

「久岡どの、我らがいつも食しているものでよろしいですか」

笑みをたたえて弥三郎が問う。

「もちろんです。おまかせします」

「なにを食べてもおいしいし、酒も吟味されたすばらしいものが置いてあります。期待してください」

喜太夫が慣れた調子で、注文を取りにやってきた女中に次々に注文してゆく。

やがて座敷には刺身や煮つけ、焼き物などの大皿が並べられた。

「どうぞ、召しあがってください」

勘兵衛は遠慮することなく箸をつけ、勧められるままに杯を重ねた。

いうだけのことはあって、料理も酒も抜群だった。

勘兵衛が杯を口に運ぶたび、三人の男たちは探るような目を当ててきている。

勘兵衛はひたすら食べ、飲み続けた。

やがて、目の前がぐるぐるまわってきたのに勘兵衛は気づいた。まだ一合も飲んでいないのに、こんなふうになるのははじめてだ。

次に猛烈な眠気が襲ってきて、勘兵衛は耐えきれなくなった。目をごしごしこすったが、体の奥からわきあがってきた眠気は全身をがんじがらめにした。

徳利でも転がるように畳の上に横倒しになったのを勘兵衛は自覚したが、見えたのはそこまでで、闇から伸びてきた腕に意識はあっという間に運び去られた。

かしましい鳥のさえずりを耳にしていた。

とはいってもそんなにうるさくは感じず、むしろ、いつまでもきいていたい旋律だった。

頭の痛みを感じた。意識が痛みの扉をあけ、そこから飛びだしてきた拳をぐいぐいと押しつけられているようだ。顔をしかめた勘兵衛はしばらくじっと動かず、痛みをやりすごそうとした。

しかし無駄だった。勘兵衛はうっすらと目をひらいた。

土の上に横たわっていた。

斜めに日が射しこんでくる。どうやら、と勘兵衛は思った。日がのぼってからそんなにときはたっていない。

土に腕をつき、よろよろと立ちあがった。腰が頼りない。見ると、丸腰だった。

ここはどこだ。

ぐるりを高い塀がめぐる、差し渡し半町ほどの円形の馬場のようなところだ。

頭の痛みをこらえつつ、塀に向かって歩きはじめる。

背後で、木のきしむ音がした。振り返ると、塀の一部があくのが見えた。どうやら、丸太で組まれた門になっている。

勘兵衛はそちらに行こうとして、足をとめた。

門のほうから馬蹄《ばてい》の音がしている。

目を凝らすと、馬が三頭入ってきた。

勘兵衛は思わず見直した。馬上には鎧兜《よろいかぶと》に身をかためた武者がいて、がっちりと槍をたずさえている。

三騎の武者は、勘兵衛を取り囲むように近寄ってきた。

近づくにつれ、三人とも面頰までしているのがわかった。

一人が槍を構え直した。穂先は勘兵衛にまっすぐ向けられている。まるで戦国武者がこの世にあらわれたかのようで、どこか夢を見ている気分だ。

槍を小脇に抱え、一人が馬腹を蹴った。馬がぶるると鼻を鳴らし、走りだした。

一気に速度を増し、突っこんできた。

兜の奥に光る目が本気だった。

えい。気合が轟《とどろ》き、至近から雪つぶてを投げつけたかのような勢いで、白い光が迫ってきた。

穂先は胸元に食らいつこうとしたが、体をひらいた勘兵衛はぎりぎりで避けた。

背後から馬蹄の音が響く。

振り向いたときにはすでに槍が伸びてきていた。

勘兵衛は体を沈みこませつつ、同時にひねった。槍は右肩をかすめた。着物が破れ、それに引っぱられて勘兵衛はわずかに体勢を崩した。

三騎目が左からやってきた。うなりをたてて振られた槍は、勘兵衛の胴を狙っていた。足を踏んばり直した勘兵衛はすばやくかがみこんだ。頭の上を突風が通りすぎてゆく。

背後から馬の息づかいがきこえ、獣くさい臭いが鼻先をかすめた。

いななきが耳元できこえ、うしろに目をやった途端、馬が棹立《さおだ》ちになった。筋骨が盛りあがった前足が目に入る。勘兵衛を馬蹄で踏みにじろうとしている。

手綱《たづな》をしごいた武者が気合をこめると、馬が体をぶつけるようにしてきた。姿勢を低くした勘兵衛は馬の脇を走り抜けた。

「橋口どの」

勘兵衛は馬上の武者に声をかけた。

勘兵衛のほうへ馬首を向けようとしていた武者は明らかに狼狽《ろうばい》した。

右側から勢いをつけて別の一騎が走りこんでくる。そのさまは、勘兵衛に話にきく武田武者を思い起こさせた。

勘兵衛は棒立ちになって、騎馬が突っこんでくるのを眺めていた。

土を蹴りあげ、ひづめの音を轟かせて馬が近づいてくる。

兜の奥の目が細められた。勘兵衛のいかにも呆然とした様子にほくそえんだものらしい。

どうりゃ。槍が突きだされる。

鋭さはあまり感じられず、射しこむ日光を受けて星のようにきらりと輝く穂先が、勘兵衛にははっきりと見えた。

脇の下を通り抜かせた柄を勘兵衛はがっちりとつかんだ。武者があわてて引こうとするところを逃さず、腕に力をこめるや、ぐいと柄をひねった。

片方の分銅を急にはずされた天秤のように、馬上の武者の体が跳ねあがる。

左手の手綱を引っぱって体勢を立て直そうとする武者に向かって、勘兵衛は柄を押しこむようにした。

武者は耐えきれず、ああ、と悲鳴をあげて向こう側に落馬していった。

鎧の重みもあってかなりの打撃を受けたらしく、痛みにうめき声をあげているだけで、立ちあがれそうにない。馬がいななきをあげて、駆けだしてゆく。

勘兵衛の腕には槍が残った。

幼い頃、父の目を盗んで家宝を手にして以来、ほとんど扱ったことがない。どの程度やれるかわからなかったが、それでも得物を手にできたという事実はなにものにも代え難い安堵感があった。

勘兵衛が槍を構えると、残った二騎は明らかに動揺した。

「橋口どの、もうやめたほうがよいのではないですか」

勘兵衛は自身の余裕を見せつけるために、わざと穏やかな口調でいった。

「おのれっ」

橋口喜太夫と思える武者は馬腹を荒々しく蹴り、突進してきた。

勘兵衛は力まかせに振られる槍をこともなげに弾き返し、隙を見て、一気に槍を突きだした。

喜太夫は顔を振ってよけたが、勘兵衛は槍を頭上から叩きつけた。

がん、という音が響き、喜太夫はがくりと首を落とした。そこを勘兵衛は石突きで鎧をどんとついた。体をゆらりとさせて、喜太夫はゆっくりと地面に落ちてゆく。

甲冑が土を叩く音、駆け去ってゆく馬蹄の響きを耳にしつつ、勘兵衛は最後の一騎に向き直った。

萩原弥三郎だろう。あわてふためいているのが、面頬を通じても手に取るようにわかる。

乗り手の周章《しゅうしょう》ぶりが伝わったようで、落ち着きを欠いた馬は首を振り、前足を激しくかいている。

「萩原どの、まだやりますか」

弥三郎は槍を投げ捨てるや、馬をおりた。盗みを見とがめられた子供のように、なにか口にしながら駆けだしてゆく。ただ、慣れない鎧のために体はふらついている。

走れば追いつけたが、勘兵衛の目は他者にすでに向けられていた。

弥三郎と入れちがうように、門を入ってきた一人の侍がいたのだ。頭巾を深くかぶっている。

濃厚な殺気を暑さが増してきた馬場のなかに放ちつつ、堂々と歩を進めてくる。

勘兵衛はじっと見つめた。

目の前にやってきた侍は一目で遣い手と知れたが、頭巾からのぞく瞳の酷薄さから正体も知れた。

「田口屋敷の用人だな」

勘兵衛は低い声でいった。

「となると、ここは下落合村の下屋敷か。豪勢なものだな、こんな馬場までつくって」

「おぬし、得物はそれでいいのか」

用人が馬鹿にするようにいう。

「槍さばきを見せてもらったが、あまりほめられた腕ではなかったぞ」

用人は肩を揺らし、すらりと刀を抜いた。

できる。勘兵衛は肌で感じた。

「きさま、楽松で会っているな」

勘兵衛が厠に行ったとき、庭でじっと見つめていた二人組の一人だ。

「その通りだ」

「もう一人はどうした」

「さあ、どうしているのかな」

氷の上でも滑るように、用人が近づいてくる。勘兵衛は相手の間合に入る前に槍を突きだした。

勘兵衛の突きを読んでいたらしい用人は、かすかに体を動かしただけでかわした。

袈裟斬りが見舞われる。

目にもとまらぬ早業で、勘兵衛は勘だけでかわした。ぴっと音がし、襟元がはだけた。

見ると、鎖骨のところがかすかに切れて、うっすらと血の筋が見えている。

間をあけることなく突きがきた。勘兵衛は柄で払ったが、その力を利するように上段から刀が猛烈な勢いで落ちてきた。

勘兵衛はこれも柄で打ち返そうとしたが、なんの手応えもなく槍が真っ二つに割れ、刀の切っ先が顔面をかすめるように通りすぎた。

それも本能がうしろに下がらせてくれたおかげで、もしそのままの位置にいたら、まちがいなく頭から両断されていた。

勘兵衛は二つになった槍を、二刀流のように構えた。

「おかしな真似を」

用人が頭巾の口のあたりにしわを寄せた。笑っているのだ。

「その頭巾はいらんのではないか」

勘兵衛がいうと、その通りだな、と用人はうなずいた。すぐに、やれやれといわんばかりに首を振った。

「俺が頭巾を取るところを狙うつもりだったのだろうが、残念ながらそうはいかん。顔は死んでから見せてやる」

すっと間合がつめられ、再び袈裟斬りが浴びせられた。

勘兵衛は穂先で受けたが、腕に槍を取り落としそうになるほどのしびれがきた。

胴を狙われた。勘兵衛は左手の柄で打ち落とした。下段からすくうように刀がやってきた。勘兵衛はのけぞるように避けた。

用人は秘剣といえるような剣は持っていないらしく、いかにも正統的な刀法をつかっているが、振りの鋭さはこれまで対してきたなかでも一、二を争うほどで、正直なところ、勘兵衛は対処に窮しつつあった。

びしびしと打ちこんでくる相手に勘兵衛は押され、なんとか避け続けるのが精一杯の状況に追いこまれた。

勘兵衛は受けつつもじりじりと下がり、あと一間ほどで塀に背がつくところまでやってきた。

用人の刀ははやさと正確さを増している。寸分たがわぬ動作で刀を繰りだしてくるさまは、まるで精緻《せいち》なからくりのようだ。

この男がこれまで積んできた修業の厳しさをうかがわせる。

勘兵衛の背中がとうとう塀に当たった。もうこれ以上下がれない。

用人が一つ、間を置いた。どういうふうに殺すか、獲物を追いつめた獣が舌なめずりするような風情だ。正面から陽射しを受けて刀身がぎらりと光る。

勘兵衛は足を踏みだして、同時に柄を投げつけた。用人が刀を払う瞬間を狙って穂先のほうも投げた。

用人はそれも払ったが、勘兵衛が自ら得物を捨てたことに驚いたらしい用人の懐がわずかにあいた。

勘兵衛はすかさず飛びこもうとした。

脇差を狙われたのを知った用人は刀を横に振りつつ、うしろに飛んだ。

刀をかわした勘兵衛は地面に腹這うようにし、穂先のついた槍をつかんだ。ごろりと仰向《あおむ》けになると同時に槍を突きあげた。

一瞬だが、陽射しを正面から浴びて、勘兵衛の姿を見失ったらしい用人があわてて刀を振りおろそうとした。

だが、勘兵衛のほうがはやかった。穂先は用人の腹から入って背中へ抜けた。

おのれっ。用人はそれでも刀を振ろうとしたが、よろけ、膝をついた。勘兵衛は入れちがうように立ちあがった。

血を吐き、用人はうつぶせに倒れかけたが、槍がつっかえのようになり、横倒しになった。それから、空でも見るかのように仰向けになった。口をあき、息をせわしなくした。

最後に大きく胸を上下させ、魂でも吐きだすように咳をした。それきり動かなくなった。

勘兵衛は肩で息をした。

正統的な剣には変則しかなかった。それでも、まともに陽射しを受ける位置に引きこもうとする意図を見破られていたら、勘兵衛に勝機はなかった。

死骸から頭巾をはいだ。あの冷たい目をした用人の顔があらわれた。

顔は死んでから見せてやる。

その通りになったな、と勘兵衛は死顔に語りかけた。

「やってくれたな」

声がした。さっと振り返ると、見知らぬ侍が立っていた。

この侍は頭巾をしていない。堂々と顔を見せている。かなり上質の着物を身につけている。

楽松にいたもう一人だ。

「しかしやつを負かせる腕とは知らなんだ」

男は意外そうに口にした。

そのとき、それまで気を失っていた喜太夫が目を覚まし、上体を起こした。まわりをぼんやりと見渡していたが、勘兵衛と男を目にするや、そばに倒れている文之進を揺り起こした。

文之進も最初はなにが起きたのかわかっていない様子だったが、喜太夫にささやきかけられるとすぐにさとった。

あわてて立ちあがった二人は鎧をがちゃがちゃと派手に鳴らしつつ、遠ざかってゆく。

勘兵衛は用人の腕から刀をもぎ取った。

男が近づいてくる。丸顔に、潰れたような鼻。人のよさそうな笑みを、頬にかすかに浮かべていた。侍というよりどこぞの商家の番頭、といった感が強い。

ただし、遣い手だ。腰には、相当の業物を佩《は》いている。

二間ほどの距離まで来て男は立ちどまり、刀を抜いた。

剛刀だ。今の時代には似合わない、厚みのある刀身。戦国武者がつかっていたのでは、と思えるような刀だ。

男が笑みを消した。途端に、勘兵衛の身を包むように殺気が充満した。

男が踏みだしざま、胴を払ってきた。勘兵衛は受けとめたが、男の刀はこれまで味わったことのない重さだ。

まるで岩でもぶつけられたような衝撃で、勘兵衛の足がうしろにずずと滑った。手のひらにも骨が砕けたのでは、と思えるほどのしびれが走った。

男はさらに上段から打ちおろしてきた。勘兵衛は受けずに下がったが、男はそれを見越したように深く踏みこみ、逆袈裟に刀を落としてきた。

思った以上に伸びてきて、刀で受けなかったら斬られるのがわかった。まともに斬撃《ざんげき》を受けとめる形になった勘兵衛は、腕の骨がきしむ音を確かに耳にした。

勘兵衛は地面にずんと沈みこんだ足を抜こうとした。それを隙と見て、男は猛烈に刀を振ってきた。嵐を思わせる攻勢に勘兵衛はただ守るだけになった。

丸太でも振るっているかのような強烈な重さを誇る剣の前に、腕と足にずきずきする痛みが走りはじめている。腰と背中にも、しこったような張りが出てきた。

すでに勘兵衛の足の運びははじめて立ちあがった赤子並みで、なんとかしなければ、と気ばかり焦るが、いい手立ては浮かばない。

男のほうにも油断はなく、陽射しをまともに目にする位置には決して立とうとしない。

いきなり、下段からすくうような剣を浴びせてきた。明らかに太ももを狙っていた。

勘兵衛は飛ぶようにうしろに下がり、かろうじてかわした。

ちっ。男が舌打ちしたのがきこえた。

勘兵衛は距離を置き、息を入れた。

男はじりじりと間合をつめてきた。勘兵衛はうしろに動き、さらに横に移動した。

「なんのつもりだ。俺は同じ轍《てつ》は踏まんぞ」

そういいざま男は一気に土を蹴った。

刀が振りおろされる。ぎりぎりで避けた勘兵衛は左へ走った。刀をかざして男が追ってくる。

勘兵衛は槍が突き刺さった死骸をまたぎ、くるりと振り向いた。

男がぴたりととまる。

勘兵衛は、死骸をはさんで男と向き合った。

「堤にでもしたつもりか。侮るなよ。俺は死骸などに惑わされんぞ」

男が小さく笑みを見せる。

「なるほど、俺がまたぐところを狙おうというのか。おもしろい、やってみろ」

刀を八双《はっそう》に構え直した男が死骸を飛び越えようとした。

勘兵衛も同時に足を踏みだしていた。男に向かって刀を投げつけ、男がびしりと横に払った瞬間、死骸から脇差を抜くや体を低くして、鋭く横に振った。

久しぶりに遣う鷹《たか》の尾《お》だ。

動きをとめた男が信じられぬという顔をしている。切断された左手首がぼとりと死骸の上で弾み、地面に落ちた。

たぎった湯のように手首から血があふれだしてくるのを、男は呆然と眺めている。

我に返ったように勘兵衛を見据え、右手の刀を振りおろしてきた。

しかしもう先ほどまでの切れはなかった。勘兵衛は難なくかわし、男の横に出た。

向き直ろうとした男のがら空きの横腹に、脇差を突き通した。肉を切り裂いてゆく鈍い手応えが伝わる。

男は色をなくした顔をゆがめ、刀をあげようとしたが、もうその力は残されていなかった。

勘兵衛が脇差を引き抜くと、風にあおられた雨戸のようにぱたりと倒れた。横を向いた顔は妙に白い。もう息をしていなかった。

勘兵衛は喉の渇きを感じた。続けざまの激闘で、体からすべての水気がしぼりだされたかのようだ。

勘兵衛は膝に手を当ててしばらくあえいでいたが、門から人が入ってきた気配を感じ、上体を起こした。

二十名を超える侍がいた。いずれも抜刀している。侍たちは、勘兵衛を生きて帰すつもりがない心持ちでいることを明確に示す殺気を発していた。

そのなかに、指揮を執っている者が一人いることに勘兵衛は気づいた。身なりはよく、大身の旗本のように見える。

あれが田口兵部だろうか、と勘兵衛は思った。見たところ、兵部の家臣には遣い手といえるような者は一人もいなかったが、もはや疲れきって、これ以上相手にするのは無理だった。

勘兵衛の疲れを見越したように、兵部が刀をすらりと抜きはなった。

ゆっくりと進んでくる。意外だが、かなり遣いそうに感じられた。

飯沼さん。勘兵衛は心のなかで呼びかけた。

その声がきこえたかのように、門のところに影が立ち、朗々たる声を放った。

「そこまでだ」

兵部がぎょっとしたように振り返る。

麟蔵だった。配下を七名連れている。

勘兵衛は心からほっとして、息を吹き返した。

「田口兵部、きさまの企《たくら》みは知れた。おとなしく縛《ばく》につけ」

「かまわぬ。皆の者、こやつらを斬り捨てい。一人も外にだすな」

兵部の命に応じて家臣たちは麟蔵のほうへ向かった。

勘兵衛は死骸の刀を手にした。その重さにびっくりした。こんなのを受けていたのだ。よく刀が折れなかったものだ。

勘兵衛は麟蔵に気を取られている兵部に一気に近づき、刀を振るった。

隙をつかれた兵部は刀をあげかけたが、まるで間に合わず、峰を返した勘兵衛の刀は兵部の腹に吸いこまれた。

なんともいえない手応えが伝わる。息がつまった兵部は、箸を落とす病人のように刀をぽろりとこぼした。次に襲ってきた痛みに両膝をつき、腰を折って苦しみはじめた。

目の前に無防備な背中があり、勘兵衛はもう一撃見舞ってやろうかという気になったが、それも意味のないことだった。この刀で打ったら背骨は確実に折れるだろう。

勘兵衛は、麟蔵たちの戦いに目を向けた。

麟蔵を含めた八名が、兵部の家臣たちを圧倒していた。目の前に立ちふさがる家臣たちを城門を打ち破るような勢いで次々に倒してゆく。同僚を殺された怒りが麟蔵たちの全身に満ち満ちており、それが鬼神のような強さをもたらしているようだ。

あれなら加勢しなくても大丈夫だろう。勘兵衛は目の前の男に瞳を戻した。

「おい、稲葉七十郎はどこだ」

髻《もとどり》をつかんで、顔をあげる。兵部にとってこんな屈辱ははじめてのようで、横目で勘兵衛をにらみつけている。

「生きているのか」

兵部は憎々しげな笑いを見せただけだ。一瞬、勘兵衛の心を絶望感が浸しかけたが、いや、あいつはこんなところでくたばるような男ではない、と思い直した。

「どこにいる」

勘兵衛は腕にさらに力をこめ、兵部の首をのけぞらせるようにした。がら空きの喉に手刀を浴びせる。

兵部はひどく咳きこんだ。

「もう一度きくぞ。どこにいる」

「なかだ」

うらめしげに勘兵衛を見て、息を吐くようにいう。

「なかのどこだ」

兵部は告げた。

「鍵は」

兵部は懐に腕を差し入れ、帯のあたりを探った。

「これだ」

一本の鍵を示す。

鍵を手にするや、勘兵衛は兵部の首筋に手刀を浴びせた。兵部はあっけなく気絶した。

門を出た勘兵衛は母屋に向かって走った。玄関を入り、土足であがりこんだ。

「七十郎」

勘兵衛は叫んだ。返事はない。

もう一度名を呼んだとき、横合いの襖があき、女中らしい女が姿を見せた。

「どちらさまです」

甲高い声できいてきた。

「座敷牢はどこだ」

勘兵衛は顔を近づけるようにきいた。

女中はおびえ、身を引いた。よほど凶悪そうな面をしているのだろうな、と勘兵衛は思った。

「どこだ」

女中は無言で西の方角を指さした。

勘兵衛は駆けだした。襖に体当たりを食らわせて、突き進んだ。

五つばかり座敷を抜け、次の襖をぶち破ったら、太い格子で組まれた牢が目に飛びこんできた。

暗いなか、横たわっている人影が見える。

「七十郎」

呼ぶと、犬が起きるように首をあげた。

生きていたか。勘兵衛は心からほっとした。

「俺だ、勘兵衛だ」

人影は起きあがり、格子のところまで這い寄ってきた。

「久岡さん」

ずいぶんやつれている。声もかすれている。

「なんだ、けっこう元気そうだな」

勘兵衛はにっと笑った。

「久岡さん、どうしてここに」

「話せば長くなる。あとにしよう」

勘兵衛は鍵を七十郎に見せた。

「今、あけてやるからな」

扉をあけ放つと、老犬のようなのそのそとした動きで七十郎が出てきた。

「大丈夫か」

「なんとか」

七十郎が笑顔を見せる。それはただ、心配をかけたくないためのつくった笑いで、勘兵衛の胸は痛んだ。

「飯は食っていたのか」

「ここに来て、一度きりです。水は二度ばかり……」

「俺があとで腹一杯食わせてやる。酒もいやっていうほど飲ませてやる。楽しみにしておけ」

「楽松ですか」

「七十郎があそこがいいなら、そうしよう」

勘兵衛は七十郎を抱きかかえるようにして外に出た。

どうして自分がここにいるのか、勘兵衛は七十郎に語りながら馬場に戻った。

ちょうど、麟蔵たちが兵部に縄を打っているところだった。家臣たちは一人残らず地面に横たわるか、這いつくばっている。

「飯沼さん、おそいですよ」

勘兵衛は怒りをにじませて、いった。

荒々しく引っ立てられてゆく兵部をじっと見送った麟蔵が平然と見返す。

「なんだ、おぬし、忘れているようだな。二人の敵はそれがしが討ってご覧に入れます、と豪語したではないか。俺は、おまえの思い通りにさせてやったんだ。むしろ、感謝しろ、といいたい」

麟蔵がちらりと目をやる。視線の先には二つの死骸が転がっている。

「おまえなら、あんなやつらには負けんよ。俺にはわかっていたんだ」

麟蔵は七十郎に瞳を向けた。

「おう、稲葉、無事だったか」

「おかげさまで」

七十郎は礼を述べた。

「稲葉、たぶん、おぬしは相当運がよかったのだと思うぞ」

そういわれて七十郎はぴんときたようだ。

「それがしがすぐに殺されなかった理由をご存じですか」

「今はまだわからぬが、はっきりしたら教えよう。よし、勘兵衛」

まわりを見渡した麟蔵が晴れやかに声をかけてきた。

「引きあげるか」

城に戻るという麟蔵とわかれ、勘兵衛は七十郎とともに八丁堀への道を歩いた。

「つまり、その文之進という同僚が不用意に漏らした言葉がきっかけですか」

「そういうことだ」

気散じにいい手立て、という話。それに穣海の、暮らしに張りが出た、という言葉が勘兵衛のなかで重なり合ったのだ。これは同じことを指しているのではないか、と。

料亭笹柳で喜太夫たちと飲食をともにしたとき、おそらく酒に薬が入れられているのもわかっていたが、麟蔵の命で勘兵衛はわざと罠にかかったのだ。

橋口喜太夫、土門文之進、萩原弥三郎の三人が水口屋の常連であるのも、麟蔵の調べですでにわかっていた。

「おい、七十郎」

勘兵衛は顎をしゃくった。

道の向こうに人が立っている。母親に気づいた迷子のように駆け寄ってきた。

「旦那」

「清吉」

七十郎の前に飛ぶようにやってきた清吉は地面に崩れ落ちた。

両手をつき、顔を下に向けてぼろぼろ泣きはじめた。まさに号泣の体で、土を泥に変えかねない涙の勢いだ。

「清吉、泣くな。人が見てるぞ」

七十郎が肩を抱くように立ちあがらせた。

「泣きやんだら、いいことを教えてやる」

「なんです、いいことって」

「先に涙を拭け」

清吉は懐から手拭いを取りだした。

「久岡さんがな、楽松に連れていってくれるってさ」

「本当ですか」

涙をぬぐった清吉が喜色満面にきく。

勘兵衛はそのあまりの喜びように、ずるりと足を滑らせそうになった。

「ああ、本当だ。しかし清吉、七十郎の無事よりうれしそうだな」

「そんなことはありませんよ」

清吉があわてて手を振る。

「ああ、そうだ。旦那」

話を変えるようにいう。

「例の付け火の下手人ですがね、あがりましたよ」

「なに、本当か。誰だ」

「南小田原町に駆けつけたとき、職人ふうの男に旦那、声をかけましたよね」

「あの男か。何者だ」

「明石町に住む建具職人ですよ。どうやら、つくるより燃やすほうが好きになっちまったみたいですね」

「誰がつかまえた」

「樫原の旦那です」

「そうか。さすがだな」

「でも、あれは旦那の手柄になるはずだったんですよ。あっしがあのときの男のことを、樫原の旦那に話したのがとらえるきっかけになったんですから」

「誰の手柄だろうと関係ないさ。つかまえられりゃあ、いいんだ」

勘兵衛はしみじみと七十郎を見た。

「久岡さん、それがしの顔になにかついてますか」

「いや、稲葉七十郎という男、つくづくいいやつだな、と感じ入ったんだ」

十五

玄関に美音がいた。横にお多喜。

勘兵衛があがるのを待たず、美音が抱きついてきた。お多喜は泣きだしている。

蔵之丞も鶴江も安堵の色を一杯に浮かべている。

「よくぞ、ご無事で」

美音が胸に顔を埋めるようにしていった。

「ああ、なんとかな」

「なぜ勘兵衛さまは、そんな危ないことをされたのです」

お多喜が、涙ではれた目で見据えている。

「七十郎を助けるためだ」

「稲葉さまが大事なお友達なのは存じておりますが、そこまで危険を冒さずともよかったのではございませんか」

「まあまあ、こうして無事に戻ってきたのだからいいではないか」

蔵之丞が取りなすようにいう。

「いえ、勘兵衛さまのその大きな頭はがらんどうも同然ですから、きつくいっておかぬといけないのです」

「がらんどうとは。お多喜、いいすぎではないか」

「いーえ、このお方にはいっていいすぎということはございません」

「そうなのか」

お多喜の迫力に蔵之丞はたじたじとなった。

「お多喜、おぬし、今、俺の頭をがらんどうといったか」

義父に代わって勘兵衛は前に出た。

「申しました。なにか文句でも」

お多喜の目は三角だ。こういうときは逆らうだけ無駄だ。幼いときからよく知っている。

「いや、その通りだ。申しわけない。この通りだ。次からは無茶などせんよう、よくよく気をつける」

勘兵衛はこうべを垂れた。

「ほら、美音さま、ご覧あそばせ」

お多喜のささやき声がする。

「あ、本当だわ。今まで気がつかなかった。お多喜、ありがとう」

なにをいっているのだ、と勘兵衛は顔をあげた。

二人はくすくす笑い合っている。

「なんだ、なにがおかしい」

「お多喜に一つ教えてもらったのです」

「なにを」

「あなたさまの髻の横に、三日月のような形をしたほくろがあることをです」

勘兵衛は月代に手をやり、お多喜をにらみつけた。

「はかったな」

「あっ、そうだ。そろそろ夕食の支度に取りかからなくては」

ぽんと手を打ち、お多喜がすばやく逃げてゆく。

勘兵衛はじろりと美音に目を向けた。

「あっ、史奈が泣いているようです」

美音は急ぎ足で奥へ去っていった。

「すまんな、勘兵衛」

蔵之丞がすまなそうにいう。

「しつけがなってなくて」

勘兵衛は穏やかに首を振った。

「いえ、義父上、そんなことはありませぬ。美音はそれがしにはすぎた妻です」

その後、数日して、麟蔵が顚末を話してくれた。

すべてのはじまりは、田口兵部が刀剣に凝っていたことだった。水口屋という武具屋をだしたのも、趣味が高じたゆえ。

あるじの正之助はもともと田口家の家臣。刀剣の目利きを兵部に認められ、あの店の主人となった。

兵部は業物を手に入れたら、どうしても斬れ味を確かめたくなるたちだった。

死罪に処せられた死骸をためし斬りにするという方法もあり、二度ばかり経験があったが、それではとても満足できない。どうしても生身の人間を斬ってみたい。

水口屋にやってくる客のなかにも、そういうことを口にする者がいることを兵部は知り、自分だけでないことに安心感も覚えた。

ある日、木下治部右衛門が、そういう欲求のある者を集め、会をおつくりになったらいかがです、といった。治部右衛門はすでに考えをまとめてあったらしく、詳細を語った。

いい考えだ、と兵部は思った。金儲《かねもう》けにもつながる。

水口屋の正之助を通じて、得意先のなかで口のかたそうな者に話を持ちかけさせた。

次々に賛同者があらわれて、兵部は十分に商売になるのを知った。いずれも入会金が百両ほどなら、是非とも入りたい、といった。

兵部は治部右衛門に命じ、深い林に囲まれた場所を選んで、新たな馬場を下屋敷の敷地につくらせた。

最初に入会した者は、十三名にものぼった。入会者にどういう者を殺したいか希望を募り、それに添った者をかどわかして、斬り殺させた。戦国の武者になってみたい者には甲冑まで用意した。

「これまで町人、侍、僧侶、女など、三十名近くを殺させたそうだ。町方同心の塩川鹿三郎はかどわかされて三日後に殺されたらしい」

「七十郎はどうして殺されなかったのです」

麟蔵が語った。

「相手が風邪をひくなど、やはりあの男は運が強いですね」

塩川を殺したのは、二千石の旗本の当主。以前、酔って路上で町娘に狼藉《ろうぜき》に及ぼうとしたところを同心にとめられた。それでもまだ娘に躍りかかろうとして、投げ飛ばされた。それをうらみに思ってのこと。

実際にそのときの同心が塩川鹿三郎かどうかも定かではない。町方同心なら誰でもよく、そういう要望を治部右衛門にだしたのだという。

そのときは戦国の武者となって鹿三郎を槍で突き殺した。

その旗本は切腹になり、家は取り潰しになった。

兵部の会に入った他の者たちもほとんどがそれなりの旗本ばかりだったが、なかには剣術を習っている富裕な町人もいた。旗本は切腹、町人は斬首に処された。

「おこう、太助姉弟を殺したのも、七十郎を気絶させたのも用人の木下治部右衛門だ」

「書院番のあの三人はどうなるのです」

「明日、切腹だ。家は取り潰し。西橋星之佑の騒ぎの際のおまえの腕を見て、噂通りの遣い手であるのを知ってな、それでやってみようということになったらしい。いくらあれだけの手練でも三人がかりならやれるのでは、という話になったそうだ」

麟蔵が唇を湿らせた。

「甲冑を身につけ馬に乗ったのは、前にそういうことをした者がいることを治部右衛門から教えられたこともあったが、そこまでやればいくら久岡勘兵衛といえどもよもや殺しそこねることはあるまい、という考えだったらしい。ふん、まったく甘い連中だよな、勘兵衛の腕も自分の腕もろくに知らんで」

麟蔵が気がかりを面にだした。

「どうかされましたか」

「うむ、一つ、結局わからないことがあるんだ。いや、きっと捜しだすが」

麟蔵にしては歯切れの悪いいい方だ。

「三人の話では、どうやらおまえを殺ることになっていた先約があったらしいんだ。それが誰かわかっておらぬのだ。兵部も知らず、知っていたのは唯一治部右衛門だったらしいのだが、今はあの世の住人だからな」

「殺してしまったのはまずかったですか」

「いや、かまわぬ。下手に手心を加えていたら、殺られたのはおまえのほうだったのだろう」

その通りだ。

「とりあえずは落着だ。おまえは、そのあたりのことを頭に入れといてくれればいい。まだおぬしを狙っている者がいるかもしれぬことを忘れずにいろ」

十六

三日後の非番の日、勘兵衛は出かける支度をしていた。

七十郎との約束は七つ（午後四時）で、あと四半刻ばかりに迫っていた。

「それでは行ってくるぞ」

勘兵衛は美音に声をかけた。

だが、美音の姿は見当たらない。あれ、と思ったが、きっと史奈のところだろう。

勘兵衛は玄関を出て、足をとめた。

門のところに美音がいて、その横に史奈を抱いたお多喜が立っている。史奈はすやすやと眠っている。

「なんだ、こんなところで見送りか」

「私たちも連れていってください」

「なに。美音、本気か」

「だって、楽松ってとてもおいしいんですよね」

「そうですよ、勘兵衛さま、是非とも美音さまを連れていってあげてください」

「お多喜、おまえはいいのか」

「とんでもない。連れていかなかったら一生うらみます」

「それもぞっとせんな」

勘兵衛は考えた。今度のことでは、二人にかなり心配をかけた。それに、うまい食事をしたいのは男ばかりではあるまい。

「そうか、たまにはいいか」

「そうですよ、勘兵衛さま。私どもの勉強にもなりますし」

楽松の料理を食させれば、お多喜の腕がさらにあがるかもしれない。それにつれて、美音の腕もあがってゆく。

「わかった、では行くか」

「勘兵衛、まさかわしたちを置いてゆくつもりではあるまいな」

背後から蔵之丞の声がした。式台に義父がいて、鶴江が寄り添っている。

「いえ、そんな滅相もない。では、義父上、義母上、一緒にまいりましょう」

しかし妙なことになった、と歩きながら勘兵衛は首をひねった。こんなので七十郎の慰労になるだろうか。

しかし、とすぐに思い直した。多くの者でにぎやかに飲んだほうが楽しいに決まっている。

(でも驚くだろうな)

そのときの七十郎の表情を思い描いたら、勘兵衛の頰には自然、笑みが浮かんできた。

その笑いが、道の先に立つ男に気づいてかたまった。

歩み寄ってきた男が手をあげる。

「おう、勘兵衛。偶然だな。どこへ行くんだ。楽松か」

「なぜご存じなんです」

勘兵衛が警戒しつつきくと、にやりと笑った。

「徒目付頭が久岡勘兵衛のことで知らぬことなどないんだよ。よし、勘兵衛、行くか。大勢のほうが稲葉も喜ぶだろう」

二〇〇四年四月 ハルキ文庫（角川春樹事務所）刊